当爸爸还是
小男孩的时候

[俄罗斯] 亚历山大·拉斯金 著　　刘勇军 译　　沈苑苑 绘

晨光出版社

果麦文化 出品

目录

作者序 / 001

· 第一章 ·
当爸爸还是小男孩的时候

·◉1· **失球记** / 007
·◉2· **驯狗记** / 013
·◉3· **写诗记** / 019
·◉4· **就诊记** / 026
·◉5· **成长记** / 031
·◉6· **学琴记** / 037
·◉7· **面包记** / 043

·◉8· **发火记** / 048
·◉9· **戒酒记** / 054
·1◉· **写字记** / 058
·11· **逃跑记** / 062
·12· **交友记** / 066
·13· **吹牛记** / 070
·14· **入学记** / 075

· 第二章 ·

爸爸上学了

- ·15· **迟到记** / 081
- ·16· **观影记** / 088
- ·17· **害羞记** / 093
- ·18· **猎虎记** / 099
- ·19· **画画记** / 106
- ·20· **别针记** / 111
- ·21· **拦车记** / 116
- ·22· **遇蛇记** / 123
- ·23· **德语记** / 129
- ·24· **作文记** / 134
- ·25· **诗人记** / 139
- ·26· **表演记** / 145
- ·27· **乒乓记** / 152
- ·28· **脚凳记** / 161

 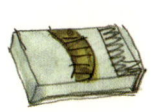   

· 第三章 ·
更多精彩故事

·29· **最佳记** / 169

·30· **募捐记** / 175

·31· **住院记** / 183

·32· **恐高记** / 191

·33· **分糕记** / 198

·34· **外号记** / 204

·35· **真话记** / 209

·36· **墙报记** / 215

送给我的女儿。

作者序

亲爱的孩子们：

我想给你们讲讲我怎么会写这本书。我有个女儿叫萨莎。她现在是个大姑娘了，在谈到自己的时候，她经常说，"在我还是个小女孩的时候……"在萨莎还是个小女孩的时候，她经常生病。她得过流感，喉咙发过炎，一边耳朵还受过感染。假如你的耳朵也发过炎，你就会知道那有多疼。要是没有过，解释也没用，你永远不会明白。

有一次，萨莎的耳朵疼得厉害，她哭个不停，眼泪一直掉，根本睡不着。我心疼得眼圈都红了。于是我大声读书给她听，还给她讲好笑的故事。其中一个故事说的是我小时候把新球滚到了一辆汽车下面。萨莎喜欢这个故事。发现爸爸曾经也是个小孩子，还很调皮捣蛋，有时也会受罚，她惊讶极了。这个故事留在了她的记忆中。每次耳朵疼，她就大喊："爸爸！爸爸！我耳朵疼！快给我讲一个你小时候的故事。"每次我都给她讲一个不重样的故事。这些故事就收录在本书中。我努力回忆所有发生在自己身上的趣事，好哄一个生病的小姑娘开心。此外，我还想让女儿明白，不可以贪心，不可以自吹自擂，也不可以高傲自大，这一点也不好。

不过这并不表示我小时候总会遇到这样或那样的事。有时，我想不出自己的故事，就找到我认识的其他爸爸，向他们借故事。毕竟，每个爸爸都曾是小男孩。所以你看，这本书里的故事并不是胡编乱造的，每个小男孩都遇到过这些事。如今萨莎长大了，她很少生病，还可以独立读一些大孩子看的好书。

但我想，也许其他孩子会想了解爸爸，听听爸爸小时候的故事。

我要说的就是这些了，但是等等！我还有一件事，这本书里的故事并没有完结。你们每个人都可以去发现更多的故事，因为你们的爸爸可以给你讲他小时候的事，你们的妈妈也可以。我也想听听他们的故事。

致以最良好的祝愿。

你的朋友：
A. 拉斯金

第一章

当爸爸还是小男孩的时候

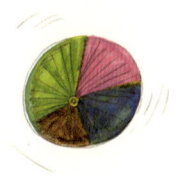

01 · 失球记

当爸爸还是小男孩的时候,他住在巴甫洛夫-波萨德小镇上。爷爷奶奶送给他一个又大又漂亮的球。那个球就像太阳一样好看。不,它甚至比太阳还要好看!看着它,都用不着眯起眼。它比太阳漂亮四倍,因为它有四种不同的颜色。太阳只有一种颜色,至于那是什么颜色,没人说得清。四分之一是像薄荷糖一样的粉红色,四分之一是像巧克力一样的棕色,四分之一像天空一样湛蓝,还有四分之一则像草叶一样翠绿。在巴甫洛夫-波萨德这样一个小镇上,还从没有人见过这样的球。这球可是从莫斯科买来的呢。要我看,就连莫斯科也没几个。哎呀,连大人都来看了!

"真漂亮!"他们都这么夸赞。

那球确实好看极了。这让小爸爸非常得意。看他那昂首阔步的样子,不知道的还以为那个球是他发明出来的,那四种漂亮的颜色也是他亲手涂上去的。小爸爸一拿着球出去玩,其他小男孩就撒丫子从不同的地方跑过来。

"哇,太好看了!"他们每个人都说,"给我玩一玩!"

可小爸爸死死抓住球,说:"不给!球是我的!谁都没有这样的球!这可是从莫斯科买来的!走开!别碰它!"

男孩们听了,都说:**"真小气,你一直都这么小气!"**

小爸爸不把他们的话当回事。他不许任何人碰那个漂亮的球,只独自玩着。可是,一个人打球怪没意思的。于是,小爸爸就跑到别的男孩旁边玩。他想让他们都眼红。

"小气的家伙。"孩子们说,"我们不和你一块玩。"

整整两天,他们都没和他玩。第三天,一个男孩说:"你的球真不赖。个儿又大,颜色也挺好看。可要是它滚到汽车底下,照样会像其他球一样爆开。所以,你有什么好神气的?"

"我的球才不会破呢!"小爸爸喊道。当时,他的下巴已经翘上了天,不知道的还以为他身上也涂了四种颜色。

"肯定会!"男孩们笑道。

"不,不会的!"

"正好有辆车开过来了,"另一个男孩说,"快呀,把球滚过去!你是不是怕了?"

于是小爸爸把球滚到了那辆车底下。大伙儿都站在那里等着看。球先是滚到了前轮之间,接着被一个后轮轧了上去。汽车从球上碾过,车身猛地颤动了一下,然后加速开走了。球还在那儿!

"没破!没破!"小爸爸大叫着跑过去捡球。

就在这时,只听见  的一声巨响!

活像是有人在开炮。是那个球,它终究还是爆开了。小爸爸来到球边上,眼前只剩下一块满是灰尘的破橡胶皮,再也看不出有哪里漂亮了。小爸爸哇哇大哭着跑回了家,男孩们都笑话他。

"破啦!破啦!"他们大叫道,"活该,小气鬼!"

小爸爸回到家,把事情告诉了父母,说他把漂亮的新球滚到汽车下面,就为了看看球会不会被轧爆。奶奶,也就是小爸爸的妈妈,打了他的屁股。

那天晚上,等到爷爷,也就是小爸爸的爸爸,下班回了家,小爸爸的屁股又挨了一顿打。

爷爷一边打小爸爸,一边说:"我打你,不是因为你把球滚到了车底下,我打你是因为你太蠢了。"

那件事过了很久,朋友们仍然纳闷,怎么会有人把这么漂亮的球滚到汽车下面。

"只有大傻瓜才干得出这种蠢事。"他们说。

那件事过了很久，街区的其他孩子仍在取笑小爸爸。

"嘿，你的新球哪儿去了？"每次都有人这么喊。

但是，嘲笑的人中不包括住在隔壁的那个男人。他让小爸爸把故事从头到尾讲给他听。听完，他说："不，你一点也不傻。"

小爸爸这下可高兴了。

"可你是个小气的孩子，又爱显摆。"他又说，"那真是太遗憾了。要是有谁愿意一个人打球，那他这辈子可就完了。大人也是这样。你现在不改，以后准会后悔。"

小爸爸吓坏了，眼泪吧嗒吧嗒往下掉。他抽噎着保证以后再也不会小气，不吹嘘了。他哭得那么用力，又哭了那么久，邻居相信了他，还给他买了一个新球。这个球没有第一个那么漂亮，但街区里所有的男孩都可以一起玩球。每个人都很开心，再也没有人责怪小爸爸小气了。

·02· 驯狗记

当爸爸还是小男孩的时候,父母带他去看马戏。演出真是太精彩了。他最喜欢那个驯狮员了,不光因为他穿着很漂亮的衣服,还因为"驯狮员"这个名字听起来就很威风。狮子呀,老虎呀,见了他都乖乖的。驯狮员拿着一根鞭子和两把手枪,不过他很少用到它们。

"野兽都怕我的眼睛!"他大声宣布,"我的眼睛就是最厉害的武器!没有哪只动物受得住与人对视!"

这话是真的。他一看狮子，狮子就在一个基座上坐起来，跳到一个桶上。它居然还装死。而这一切都是因为它无法忍受与人对视。

一阵号角声响起。大家都为驯狮员鼓掌欢呼。他把双手放在胸前，向全场的观众鞠躬致意。真是太棒了！小爸爸当时就决定也要当一名驯狮员。他想着应该先找一只小点的动物尝试一下，不能一上来就驯服大型野兽。毕竟，小爸爸还是个小男孩。他很明白，像狮子和老虎这样的大型动物不适合初学者。于是他选了狗，不是大型犬，体形大的狗就跟小狮子差不多。他现在需要的是一条不怎么大的狗。

不久他就找到了理想的选择。

巴甫洛夫-波萨德小镇有一个小公园。现在的公园很大，但这个故事发生在很久很久以前。奶奶常带小爸爸去小公园。一天，小爸爸在公园里玩，奶奶坐在长椅上看书。附近的一张长椅上坐着一位女士，她身边有一只小白狗。女士也在看书。狗狗很小，长着一双又大又黑的眼睛。它用那双又大又黑的眼睛看着小爸爸，好像在说："快来驯服我吧！求你了，小子，你就不能驯服我吗？有人直视我的眼睛，我可受不了。"

于是小爸爸穿过人行道去驯服那条狗。奶奶在看书，狗主人也在看书，所以她们都没有看到发生了什么。

小白狗趴在长椅上面，它看着小爸爸，又大又黑的眼睛里闪动着诧异。小爸爸慢慢地朝它走去。"哎呀，我看它的眼睛，它居然不怕。我真该一开始就拿狮子练手才对。看来它是改变主意，不想让我驯服了。"小爸爸自言自语道。

那天天气很热，小爸爸只穿着凉鞋和短裤。他一直向小狗靠近。小白狗趴着不动，瞪着眼瞧着

他。就在小爸爸来到小狗跟前的时候，它猛地朝他扑了过去，一口咬住了他裸露在外的肚子。小爸爸大叫起来。奶奶大叫起来。狗主人的尖叫声也跟着响起，小白狗狂叫不止。

小爸爸大呼："哎呀！它咬我！"

奶奶大呼："啊！他被咬了！"

狗主人大呼："是他先逗狗的！我的狗从不咬人！"

至于小白狗的狂吠是什么意思,想来你也能猜得到。

周围的人都跑了过来。他们都在大喊:

"太可怕了!"

公园管理员走过来,说:"小伙子,你逗那只狗了吗?"

"没有,"小爸爸说,"我是在驯服它。"

众人都大笑起来。

"你是怎么做的?"

"我朝它走过去,还盯着它看,"小爸爸说,"现在我知道了,有人直视它的眼睛,它就受不了啦。"

大家又哄笑起来。

"看吧!"狗主人说,"都怪这孩子。可没人让他驯服我的狗。至于你嘛,"她转身对奶奶说,"你连自己的孩子都照顾不好,应该罚款。"

奶奶倒抽了一口气,惊讶得一句话也说不出。

公园管理员对狗主人说:"看到那个标志牌了

吗？禁止携狗入内！可不是禁止儿童入内！这下可不能罚孩子妈妈了。该交罚款的是你。而且我还得请你离开公园。这孩子玩得好好的，你的狗竟然咬人。在这里玩可以，但不能咬人。"

"不过呢，不能光顾着玩，还要开动脑筋。毕竟，狗又不知道你要做什么。说不定它还以为你要咬它呢。明白了吗？"公园管理员又对小爸爸说。

"明白了。"小爸爸说。他再也不想当什么驯狮员了。以防万一，他只能去注射狂犬病疫苗。这之后，他更觉得这算不上什么很好的职业了。

现在他对人类的眼睛有了自己的看法，确定动物确实忍受不了人的注视。

小爸爸在诊所里遇到了一个男孩，那孩子扯了一条大狗的睫毛。小爸爸和男孩一见面，就明白了彼此的感受。

那个男孩被咬的是双颊而不是肚子，不过他照样还得打疫苗。

·03· 写诗记

  当爸爸还是小男孩的时候，他迷上了读书。他在四岁那年就学会了识字，一看书就是一整天。其他孩子满街乱跑，玩玩闹闹，小爸爸却捧着书读呀读呀，爷爷和奶奶都很担心。他们觉得长时间看书对视力很不好。于是他们不再给他买书，每天只允许他看三个小时。可惜这没什么用，小爸爸还是从早到晚不停地看书。在那三个钟头里，他在人人都能看见的地方读书。三个小时之后，他就从人们的视线里消失了。有时，他躲在床底下看书，有时

藏在阁楼上读书,还有时,他跑去干草棚里。在干草棚里读书是最好不过的了。新鲜的干草散发着清香。他能听见房子里的叫喊声此起彼伏。为了找他,大家翻遍了每张床的床底。到了晚饭时间小爸爸才回家,一进家就会受到惩罚。他扒拉几口晚饭,就上床睡觉。半夜睡醒,他打开灯继续看书。他读过《格列佛游记》《俄罗斯童话》《一千零一夜》和《鲁滨孙漂流记》。**这世上的好书太多了!**他真想把所有书都读一遍。时间一点点过去,奶奶走进他的房间,拿走他的书,关上灯。过一会儿,小爸爸又把灯打开,拿出另一本书。这本书和之前那本一样趣味横生。这之后就换成爷爷进来把书拿走,再次关上灯。黑暗中,小爸爸的屁股则要挨上爷爷的一巴掌。巴掌打在身上并不疼,可是他很伤心。

就这样一来二去,小爸爸的视力下降得很严重。毕竟,床底下也好,阁楼和干草棚也罢,光线都很昏暗。此外,他经常躺在床上盖

着毯子看书,只留一道小缝隙透光。在昏暗的光线下躺着看书,对健康的危害是最大的。就这样,小爸爸戴上了眼镜。

大约就在这个时候,他开始编押韵小诗。

他看见一只猫,就说:

**小猫咪,
真欢喜!**

他看见一只狗,就说:

**斯波特,快来看,
我准备了什么饭!**

他看到一只公鸡,说:

**大公鸡,喔喔叫!
它在向你问声好!**

他看到了爸爸,说:

**爸爸,爸爸,帮帮我,
奶酪递来交给我!**

奶奶和爷爷认为他的押韵小诗非常棒。他们把这些小诗记录下来,还读给来串门的客人听。有些客人还把它们抄了下来。现在,只要大家凑在一起,就一定会有人说:"能不能给我们朗诵一下你写的押韵小诗?"

于是小爸爸就当众朗读他最新写的小诗。有一首小诗写的是小猫瓦斯卡,是这样的:

**瓦斯卡,它是只猫,
什么也不想要!**

大人们听了哈哈大笑。他们听得出来,这些押韵小诗写得并不好,任谁都能写得出来。可小爸爸确定自己

是个非常聪明的孩子。在他看来,大人们笑,是因为他们也是这么认为的。事实上,他认为自己已经是个真正的诗人了。每次有人过生日,他都要朗诵自己的诗。蛋糕上来前他朗诵,吃过蛋糕后他还要朗诵。丽莎姨妈结婚的时候,他还专为婚礼写了一首诗。可惜这次不怎么成功,因为诗的开头是这样的:

谁预料得到
丽莎姨妈也能有人要?

有几个客人抿着嘴笑了,还有些咯咯笑出了声。**但丽莎姨妈哇的一声哭了,**还跑回了自己的房间。新郎虽然笑不出来,但至少他没有掉眼泪。

小爸爸没有受到惩罚,因为他并非存心伤害丽莎姨妈的感情。然而,他开始注意到有些大人不像以前那样喜欢他的押韵小诗了。他听见一位客人对另一位客人说:"真要求求小神童,千万别再朗诵他那些废话了！"

小爸爸走过去问奶奶："神童是什么意思？"

"神童就是很不寻常的孩子。"奶奶说。

"哪里不寻常？"小爸爸问。

"也许是会拉小提琴，也许是算术很好，反正不会缠着他可怜的母亲，没完没了地问问题。"

"神童长大后会怎么样？"

"通常都会变成一个普通人。"

"谢谢你。"小爸爸说，"现在我明白了。"

下次有人过生日，他推脱说头疼，没再朗诵自己的诗。在那之后的很长一段时间里，他连一首诗都没写过。即使到了现在，每当有人在生日聚会上要求他朗诵诗歌，他也会嚷着说头痛。

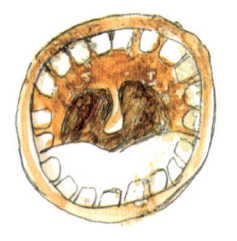
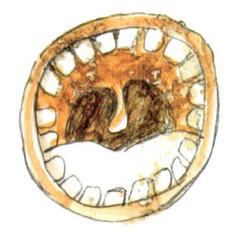

·04· 就诊记

当爸爸还是小男孩的时候,他经常感冒,又是打喷嚏,又是咳嗽。有时他喉咙痛,有时他耳朵疼。一天,父母带他去看医生。医生门外挂着一个牌子,上面写着:"耳鼻喉专家。"

"这是医生的名字吗?"小爸爸问。

"不,他不叫耳鼻喉,他专治耳鼻喉。千万不要乱动!"

医生检查了小爸爸的耳朵、鼻子和喉咙,说小爸爸需要做手术,必须切除扁桃体。于是他们带小爸爸去了一家大诊所。

"张开嘴！"说话的是一位老教授。他头发花白，看起来很严厉。

小爸爸张开嘴，那个人甚至没有说"谢谢"。他只是把手伸进小爸爸的嘴里，开始在里面乱摸。真疼啊！他这么做，实在叫人火大。就这样，当教授说了句"啊哈！原来在这里！"便更用力按压时，他却突然大叫一声，猛地把手从小爸爸的嘴里抽了出来。每个人都看到他的拇指流血了，诊室里一片寂静。

"快拿碘酒来！"教授说。

有人把碘酒递给他。他在拇指上涂了一些碘酒，又说："拿创可贴来！"

有人递给他一张创可贴，他用另一只手把创可贴缠在大拇指上。

做完这些,教授低声说:"我当医生有四十年了,这还是第一次被咬。你们还是找别人做手术吧,我洗手不干了!"

说完,他抹肥皂洗了手,就走了。

爷爷气坏了,他说:"教授很有名!我们带你来找他,他本来很想把你治好!瞧瞧你干的好事!你要知道,街角有个民兵站。哪个孩子咬了医生,就要被关进去。我居然还想等手术做完了,**就给你买冰激凌吃!**"

小爸爸听到"冰激凌"几个字,脑筋就转了起来。

爷爷奶奶担心他耳鼻喉的病情加重,从不许他吃冰激凌。但是小爸爸别提多喜欢冰激凌了。在那个时代,人们相信,做过这种手术,一定要给孩子们吃冰激凌,据说这样就能把血止住。

想到冰激凌,小爸爸说:"我再也不咬人了。"

老教授走了,又来了一位年轻的医生,他警告小爸爸:"记住了,你答应过的!"

小爸爸重复了一遍:"我不会再咬人了。"

手术结束后,医生说:"真是个乖孩子!现在你可以吃冰激凌了。你最喜欢什么口味?"

"香草味的。"小爸爸看着爷爷说。但爷爷的气还没消。"这次不行。"他说,"下次吧,等你学会了守规矩,不再咬人。"

小爸爸这才明白没有冰激凌吃了,眼泪唰地就掉了下来。大家都为他感到难过,但爷爷很坚决。小爸爸觉得这事太不公平了,直到今天他都还记得清清楚楚。从那以后,无论他吃了多少冰激凌,香草味的、巧克力味的、草莓味的,他都忘不了那个本可以在手术后吃到的冰激凌。

做过手术,小爸爸不再像以前那样经常生病了。打喷嚏和咳嗽的次数都少了,喉咙和耳朵也不那么疼了。

手术对小爸爸有很大的好处。他明白,有时必须吃一点苦,以后才能有更好的日子。从那以后,尽管有许多不同的医生给他开刀和扎针,他都没再咬过他们,因为他知道他们是在帮他。每次看完医生,他都会给自己买冰激凌。直到今天,小爸爸都很喜欢吃冰激凌。

·05· 成长记

  当爸爸还是小男孩的时候,经常有人问他:"你长大后想做什么?"小爸爸总是对答如流,但每次回答都不一样。起初,他想成为一名守夜人。想到全镇的人都睡了,而他这个守夜人还醒着,他就觉得很有意思,他很确定自己长大后想当一名守夜人。

  可是有一天,卖冰激凌的人推着他那辆亮绿色的手推车过来了。哎呀,他要是也能去卖冰激凌,就可以推着手推车,想吃多少冰激凌就吃多少!

"每卖出一个冰激凌,我就吃一根冰棒!"小爸爸心想,"我还要请所有小朋友吃冰激凌。"

小爸爸的父母听说自己的儿子长大后想去卖冰激凌,惊讶极了,认为这有点怪。他却觉得做一个这样的大人很有意思。

后来又有一天,小爸爸在火车站看到一个穿着连体工作服的男人,这个人在摆弄火车车厢和火车头。这都是真正的火车车厢和真正的火车头啊!男人一会儿跳上站台,一会儿爬到车底下。这游戏怪怪的,但好玩极了。

"那个人是干什么的?"小爸爸问。
"他是扳道员。"

现在小爸爸知道自己想做什么了。想想吧!他给火车转轨,那多威风!世界上还有什么比这更有趣的呢?没了!小爸爸说自己要当扳道员,有人问他:"你不卖冰激凌了?"

这确实是个问题。小爸爸已经决定成为一名扳道员,却也不想放弃推亮绿色手推车卖冰激凌的梦想。最后,他找到了一个办法。

"我又当扳道员，又卖冰激凌！"

所有人都吃了一惊。但小爸爸倒是说得很简单。

"这一点也不难。我早上去卖冰激凌，卖完了就去车站。给火车转完轨，我再去卖冰激凌。然后我再回车站转轨，做完了再去卖冰激凌。我把冰激凌车停在车站附近，这样就不用走很远。所以同时干两份工作没什么难的。"

大家又笑了。

小爸爸生气了，说："你们嘲笑我吧。我还要当守夜人，反正晚上也没什么事可做。"

就这样，一切都解决了。但后来小爸爸又想当**飞行员**。那之后，他想做**演员**。可后来他和爷爷参观了一家工厂，他又决定做**车床工**。此外，当**水手**一直以来也是他的梦想。就算不当水手，起码也要做个**牧民**，整天和牛一起溜达，把长鞭子抽得啪啪响。

最后，小爸爸总算想好了，他真正想成为的是一只狗。那天，他四肢着地左跑右冲，冲着陌生人大叫。有个老妇人想拍拍他的脑袋，他还张口想咬她。小爸爸学会了怎么叫得又响亮又好听，可他努力了很久，却还是学不会用脚去挠耳背。他想到可以去外面，和小狗斯波特坐在一起，就能学得更快了。于是他这么做了。

这时一个男人正从街上走过。他停下来看看小爸爸。看了一会儿，他说："你在做什么？"

"我想当一只狗。" 小爸爸回答。

男人说:"你还是个小男孩,你不想做小男孩吗?"

"我是小男孩,可我这样已经很久了。"小爸爸说。

"要是你连做狗都不会,又要怎么做个小男孩呢?"那人说,"人不该是这个样子。"

"那应该是什么样的?"小爸爸问。

"你自己想想吧。"那人说完就走开了。

男人没有嘲笑他,他的脸上连一点笑意也没有。但是小爸

爸突然感到非常惭愧。他开始转动脑筋思考。他想了又想，越想越害臊。男人没有给他讲大道理，但他突然明白，他不能一天一个主意，今天想做这个，明天想做那个。最重要的是，他明白自己年纪还小，根本不可能知道想成为什么样的人。等到下次又有人问他这个问题，他想起在街上遇到的男人，便说：

"我想成为一个人！"

再也没有人嘲笑他了。于是小爸爸明白这才是最好的答案。他到现在也是这么认为的。首先，你必须做个好人。不管你是飞行员、牧民，还是冰激凌小贩，这才是最重要的。毕竟，人倒也不必真会用脚抓挠耳背。

·06· 学琴记

当爸爸还是小男孩的时候,父母给他买了各种各样的玩具。有落托数卡牌、保龄球,还有玩具车。后来,他们给他买了一架钢琴。但这不是玩具,而是一架真真正正的钢琴。它非常漂亮,黑色的琴盖光滑发亮。这架三角钢琴占了客厅的一半空间。

"你会弹钢琴吗?"小爸爸问爷爷。

"不会。"爷爷说。

"那你会弹钢琴吗?"小爸爸问奶奶。

"不会。"奶奶说。

"那这架钢琴是给**谁**弹的?"小爸爸问道。

"**你呀!**"爷爷和奶奶说。

"但我也**不会**弹。"

"那就去**学**。"爷爷说。

奶奶又说:"**我们给你请了一位音乐老师,她叫安娜·伊凡诺芙娜。**"

突然,小爸爸意识到他得到了一份非常棒的礼物。以前从来没有老师来过家里,他总是自己学怎么玩新玩具。

几天后,安娜老师来了。她上了年纪,说起话来很温柔。她先为小爸爸弹了一首曲子,弹完了,她开始教他认音符。一共有七个:A、B、C、D、E、F和G。

小爸爸很快就学会了,他把所有的音符都画了出来,就像他在字母表上画的一样。他说:"A是苹果。"于是他画了一个苹果。"B是男孩。"于是他画了一个男孩。他画了一只猫代表C,画了狗代表D,篱笆代表F,长颈鹿代表G^①。小爸爸心里很高兴,但他很快就发现学弹钢琴一点也**不容易**。一遍又一遍地弹同一支小调,他觉得很没意思。读书、玩玩具或者什么都不做,要有趣得多。大约过了两个星期,小爸爸上腻了音乐课,就连看一眼钢琴都觉得心烦。安娜老师起初见到小爸爸有进步还很高兴,现在却悲伤地摇了摇头。

---

① 译者注:在英文中Apple(苹果)的首字母为A,Boy(男孩)为B,Cat(猫)为C,Dog(狗)为D,Fence(篱笆)为F,Giraffe(长颈鹿)为G。

"你不喜欢上钢琴课吗?" 她说。

"不喜欢。" 小爸爸回答。

他相信自己这么说,她一定会生气,再也不来给他上课了。但她没有。

奶奶和爷爷把小爸爸训斥了一顿。

"看看我们给你买的钢琴,多漂亮,"奶奶说,"还有一位这么好的老师来给你上课。你不愿意学钢琴吗?我真为你感到可惜!"

爷爷说:"现在他不想学音乐,以后他就会说自己不想上学,长大了还会说不想工作。懒惰的孩子应该从小就学着工作!这个钢琴,你必须学!"

奶奶接着说:"要是我小时候有机会上钢琴课,一定会非常感谢我的父母的。"

"那我谢谢你们,但是我再也不要学音乐了。"小爸爸说。

下次安娜老师上门教课的时候,小爸爸不见了。他们到处找他,甚至把整条街都找遍了,却连他的影子都没见到。钢琴课时间一过,小爸爸就从床底下爬出来,说:"再见,安娜老师!"

"你会后悔的!"爷爷说。

"等你和他谈过,看我怎么罚他。"奶奶补充说。

小爸爸说:"那就来吧,只要不再学钢琴就行。"他说完哇的一声哭了起来。

毕竟,他还只是个孩子。他讨厌上钢琴课。

"音乐能给心灵带来快乐。" 安娜老师说,"我的学生没有一个躲在床底下不见我的。要是有哪个孩子宁愿在床下躺整整一个钟头也不上课,那就表示他真的不愿意学钢琴。这样的话,也没必要强迫他了。那就这样吧,我要去教那些不会躲在床底下不上钢琴课的孩子了。"

安娜老师离开了,再也没有回来。爷爷把小爸爸臭骂了一顿。他骂完了,换成奶奶接着骂。此后很长一段时间,小爸爸每次经过钢琴时,都会龇牙咧嘴。

长大后,小爸爸发现自己对音乐一窍不通。他现在仍然唱歌跑调,钢琴自然也学不会。

有些孩子不上钢琴课,也许会过得更好。

07 面包记

当爸爸还是小男孩的时候,他喜欢所有好吃的东西。意大利腊肠,奶酪,肉丸子,他通通都爱,但他偏偏不喜欢面包,因为人们总对他说一句话:"别忘了把面包吃掉!"

他觉得面包算不上美味,吃起来没意思。傻乎乎的小爸爸就是这么想的,无论是早餐还是午餐,甚至是晚餐,他都吃不了几口面包。他把面包滚成一个个小球,还只吃中间,把面包皮丢在一边。他把面包藏在桌布下面,谎称已经吃掉了,但事实不是这样。他还说，等他长大了，他决不吃面包，也决不逼自己的孩子吃面包。

"想想看吧，再也不用吃面包，该多好啊！早餐就光吃奶酪，不就着面包；只吃意大利腊肠，不用面包夹着！没有面包，午饭也会更加美味！喝汤吃肉，就是不吃面包。那样的生活多美好啊！晚饭也不吃面包。晚上睡觉，知道第二天不用吃面包，那得睡得多香啊！"小爸爸心里就是这么想的，他恨不得自己转眼间就能长大。

爷爷奶奶都说他这么想是错的，其他人也都这么说，但小爸爸把他们的话当耳旁风。他们说面包对他大有好处，只有坏孩子和傻孩子才不吃面包；不吃营养丰富的全麦面包，保准会生病。他们还说，小爸爸不吃面包，总有一天要吃苦头，但他还是不喜欢。

一天，一件可怕的事情发生了。小爸爸家有一个用了很久的保姆，她非常爱他，但见他坐在餐桌旁磨磨蹭蹭不肯吃面包，她非常生气。那天爷爷奶奶都出去了，小爸爸一个人吃晚饭。像往

常一样，他不想吃面包。

"把面包吃了，否则你就什么都别吃了。"

"不，我不要！" 小爸爸说。

他把面包扔在地板上，保姆气得说不出话来，这比她开口骂他还要糟糕。她**直勾勾**地盯着他看。

最后她说:"你以为你扔在地上的只是一片面包吗?并不是。我小时候要养鹅放鹅,这么干上一天才能得到一小块面包。有一年冬天,家里没有粮食了,我的弟弟竟活活饿死了,当时他和你现在差不多大。要是能有人给他一片面包,他就不会死了。他们教你读书写字,却不教你面包是怎么来的。有人辛苦劳作,才种出了粮食,又把粮食做成面包,你现在却把面包丢在地上。我以你为耻!我甚至不想看你一眼!"

夜里小爸爸睡着时,噩梦一直纠缠着他。第二天早上,他得知要挨罚,一整天都不能吃面包。小爸爸以前经常受罚,但这是他有生以来第一次不能吃面包。这个主意是保姆出的,而且很棒。小爸爸早餐吃了一个奶酪三明治,但没有面包。味道很不错,小爸爸三两口就吃光了。可早饭吃完了,他的肚子还是空空的,因为他没吃面包。小爸爸几乎等不及吃午饭了,可是,光吃肉丸不吃面包,他依然没饱。晚饭,他吃的是炒蛋。没有面包就着吃,炒鸡蛋可真难吃。

每个人都告诉小爸爸,他现在应该非常高兴,因为他以后都不用吃面包了。尽管如此,第二天早上他还是得到了一片面包。面包吃起来真是美味极了。大家都不说话,全都看着他吃。小爸爸真为自己感到难为情。从那时起,他每次都把面包吃光,再也没有把它们扔在地上。

·⊙8· 发火记

当爸爸还是小男孩的时候,他总是觉得自己受到了伤害。他生每个人的气,见谁就对谁发火。有人说:"你怎么挑挑拣拣,吃这么少?"他听了很伤心。还有人说:"你怎么狼吞虎咽,吃这么多?"他也感觉很受伤。

他生奶奶的气,因为他有话对她说,但她太忙了,没工夫听。他生爷爷的气,因为爷爷有话和他说,而他正好太忙,没有时间听。父母一起出门去亲朋家或是看戏,小爸爸就生他们两个的气,大哭大闹。他想让他们待在家里陪他。但如果他想去看马戏,他就哭得更大声了,因为他必须待在家里。

小维克叔叔是小爸爸的弟弟,那时才一岁。他也惹得小爸爸不高兴,因为他不跟小爸爸说话。小

维克叔叔只会对他笑,还吮吸他的大脚趾。他只会发出嗒嗒的声音,但小爸爸还是生气了。姑妈来了,**他生她的气**。叔叔来了,**他也生他的气**。要是姑妈和叔叔一起来,**他就生他们两个的气**。有时是因为他觉得姑妈在取笑他,有时他以为叔叔故意不理他,他还能想出其他各种理由。

小爸爸觉得自己是全世界**最重要的人。**

在他看来，只要他想说话，其他人就得安静下来好好听着。他不想说话，他希望其他人也保持安静。要是他想学猫叫、学狗叫、学猪叫、学鸡叫、学牛叫，其他人就必须放下手头的事，倾听他发出的美妙声音。在小爸爸眼里，不管是大人还是小孩，没有哪个能比他更厉害。有人和他争论或者批评他，小爸爸就会生气。所有的一切都很讨厌。他噘着嘴，眉头皱成一个疙瘩，气冲冲地**跺着脚**走掉。

他不是在生别人的气，就是在和别人争吵，最后自己还很受伤。一天到晚，他都需要别人安慰，

逗他开心。早上,他一睁开眼睛,就气不打一处来,因为太阳把他吵醒了。晚上,他睡着了,睡梦中的他还噘着嘴。小爸爸和其他孩子一起玩,情况就更糟了。他非要所有人都玩他喜欢的游戏。他想跟一些孩子玩,却不想理睬其他孩子。他总是要求其他人都听他的吩咐。他可以取笑任何他想取笑的人,但别人不能取笑他。一段时间后,所有人都受够了他的坏脾气。他们都嘲笑小爸爸。

奶奶说:"喝茶吗?**不过你可别生气!**"

"我们去散步吧。不过你可**别**生气!"

"**你生气了吗?**"

"快点,**发飙**吧。别浪费时间了!"

于是小爸爸真生气了。街上的男孩子们嘲笑他,他们一遍遍地喊:"**哭吧宝贝,哭吧!**"

小爸爸的嘴噘了起来。

"看,就算我**扭扭**手指,他也会生气!"

有个男孩朝他晃手指,小爸爸果然生气了。男孩子们见了,全都哄笑起来。他们取笑小爸爸,觉得这非常有意思。最后,一个大一点的男孩很同情他,说:"听着,你为什么老是生气?只要你不搭理他们,他们就不会再取笑你了。"

小爸爸采纳了他的建议。他努力不再为小事生气,很快,孩子们就不再取笑他了。尽管如此,他早就习惯了动不动便发脾气,这个坏习惯一直持续到他长大成人。哪怕是到那个时候,他还是经常发脾气。不管是在学校里,还是后来进入职场,这个习惯都给他带来了很大的麻烦,他因此失去了很多朋友。那些从小就认识小爸爸的人,有时还会取笑他。不过他现在不生他们的气了,他很少这样了,反正比以前少多了。

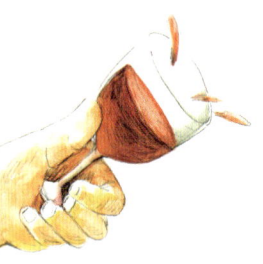

·09· 戒酒记

当爸爸还是小男孩的时候,他经常喝牛奶、水、茶,吃鱼肝油。

鱼肝油对成长中的孩子大有好处,可是这东西太难吃了。小爸爸认为没有什么比鱼肝油更糟糕的了,但他错了。

有一年夏天,小爸爸在外面玩。天气很热,小爸爸一直跑来跑去,不一会儿就口渴得厉害。他冲进屋里。客人要来了,大家都忙着烤馅饼、摆桌子,没人看到小爸爸从一个小玻璃瓶里给自己倒一

杯"水"。他知道瓶子里一直装的都是凉白开,他一口就喝掉半杯,但立即就喘不过气了。

发生了什么?

小爸爸觉得自己好像吞下了一个针垫,他转念又想,也许水是正常的水,是他自己出了问题。他吓坏了,感觉自己快死了。他放声尖叫,大家都跑了过来。

小爸爸不停地咳嗽,像是要窒息了。他的嘴里像着了火,感觉很糟糕,大家都不知道出了什么事。

"他这是抽风了!"奶奶呜咽着说。

"他是装的!"爷爷说。

就在这时,保姆进来看是怎么回事。她猜到发生了什么事。

"他喝了伏特加!"保姆惊呼,"玻璃瓶里装的是伏特加!"

这下子,大家又大叫了起来。

"快叫医生来!"奶奶尖叫道。

"看我怎么收拾他!"爷爷喊道。

"拿点东西给他吃!快!"保姆叫道。

小爸爸一边嚼三明治,一边喃喃自语:"我想伏特加也很有营养。"

突然,他觉得脑袋晕晕乎乎。砰的一声,小爸爸瘫坐在地板上,房间似乎在他周围转个不停。

这之后的事,小爸爸就不记得了,但父母说他睡了整整一天。快到傍晚时,他才觉得好了一点。客人们来了,大人们每人端了一杯伏特加酒。小爸爸站在门口,看着他们,心里很为他们难过。他很清楚,用不了一会儿,他们就会非常难受。他甚至说:**"别喝了,那不是好东西!"**

第二天早上,小爸爸恢复如初。但他再也没喝过那个玻璃瓶里的东西,一滴也没有。

即使现在,他看到伏特加,脸也会唰地一下变得煞白。

爸爸经常讲这个故事,讲到最后,他总说:"我就是从那时起戒酒的!"

10 写字记

当爸爸还是小男孩的时候,他学识字学得很快。妈妈说:"这是 A,这是 B。"他很快就认识了字母表中的所有字母,他觉得很有意思。于是他不再只看图片,还看起了文字。但不知怎么的,他不想学写字。小爸爸就是不愿意学习正确的握笔姿势,哪怕是用错误的姿势握笔,他也不愿意。他只想读书,不想写字。阅读充满了趣味,写字却很无聊。

然而,奶奶说:"你连写字都不会,又怎么能上学呢?光识字是不够的。"

"现在就练习写字母!"爷爷说。

小爸爸每天都会听到这些话,因为他每天都要写字母。他很讨厌这样。

他写的字母歪歪斜斜,难看极了,连他自己都很讨厌看自己写的东西。

不过,他写的字母一团糟,弄出的墨渍却很美。没有人能弄得出这样的斑点,真是又大又漂亮。要是能通过制造墨渍来学习写字,小爸爸的书法就能在全世界得最高分了。

他写的字母没有一个是合格的,每一页上都布满了大大的污点。小爸爸羞愧难当,常常挨骂。每个字母他都得写上两三遍才行,但他写的次数越多,字迹就越难看,**污点也越大**。

他想破脑袋也不明白父母为什么要这样折磨他。毕竟,他能识字。他真正想做的是写单词,而不仅仅是写字母。父母告诉他,单词是由字母组成的,连字母都不会写,又怎么能写单词呢,可他不相信他们。

后来小爸爸终于上学了,看到他的阅读能力这么好，写出的字母却乱七八糟，大家都很惊讶。他写的字比班上的其他同学都差。

从那时起，许多年过去了。小爸爸现在长大了，但他仍然喜欢读书，讨厌写字。他的字写得很差劲，有些人认为他是故意的。

有时候这让小爸爸觉得很尴尬。

有一天他去邮局，工作人员说："我看不清你写的是什么。"

小爸爸一下子就火了。"怎么会看不出来？"他说。

"这是什么字母？" 工作人员问。

"那是U。" 小爸爸小声说。

"U？谁会把U写成那样？"

"我。" 小爸爸喃喃地说。

唉，小爸爸多么希望自己能写一手漂亮又清晰的字，这样别人就能看懂他写的字了！他多么希望自己能学会正确的握笔姿势!他很后悔没有好好练习写字母!但现在已经太晚了。

都是他自己的错。

·11· 逃跑记

当爸爸还是小男孩的时候,他的弟弟比他还小。

他的弟弟就是维克叔叔,现在是一名工程师。他有一个儿子,也叫维克。

但那时候,维克叔叔还是个小娃娃,他刚刚学会走路。有时他不摇摇晃晃地走,只是到处爬;有时他只是坐在地板上。所以不能让他一个人待着。

一天,小爸爸和小维克叔叔在院子里玩。有那么几分钟,只有他们两个在院子里。突然,球滚到了街上。

小爸爸跑去**追球**。
小维克叔叔则**爬着**去追小爸爸。

他们的家在山上，球从山上往下滚。小爸爸一路追着球跑，小维克叔叔则在小爸爸后面一路往下滚。

山脚下有一条路。球停在了那里，小爸爸终于追上了球，小维克叔叔也终于追上了小爸爸。球是他们三个中个头儿最小的，一点也不累，小爸爸只有一点累，但小维克叔叔累坏了。毕竟，他才刚刚学会走路。所以，他扑通一声瘫坐在了路中间！

就在这时，远处出现了一片尘埃。很快，许多骑着马的士兵进入了视线，他们正策马沿大路疾驰过来。

小爸爸很害怕。

他一把扔掉球，自己一溜烟儿跑回家去了，就这么把小维克叔叔丢在了路中间。

至于小维克叔叔，他倒是很高兴坐在那里玩球。他一点也不怕那些骑马的士兵，他什么都不怕。毕竟，他还只是个小娃娃。

骑兵们来到了近前。上尉骑着一匹白马,"**停!**"他喊道。他下马,抱起小维克叔叔。他把他抛起来又接住他,哈哈大笑。

"好玩吗?"他问。

小维克叔叔咯咯地笑着把球递给了他。与此同时,奶奶、爷爷和小爸爸正在从山上跑下来。

奶奶喊道:"**我的孩子呢?**"

爷爷喊道:"**别大呼小叫的!**"

小爸爸抽抽搭搭地掉眼泪。

上尉说:"你的孩子在这里。这孩子真不错,居然连马都不怕!"

上尉又把小维克叔叔抛了起来,然后把他交给了奶奶。他把球递给爷爷。最后,他看着小爸爸说:

"加伦逃得比鹿还快。"

每个人都笑了。士兵们骑马离开了。爷爷和奶奶带着小爸爸和小维克叔叔回到了山上。爷爷对小爸爸说:"加伦是个懦夫,所以逃得比鹿还快。这句话出自莱蒙托夫的一首诗。你可真丢人!"

小爸爸真的很惭愧。

长大后,他读了莱蒙托夫所有的诗。读到这句时,他心里别提多难过了。

·12· 交友记

当爸爸还是小男孩的时候,他有个朋友叫玛莎,她是个小女孩。他们经常一起玩,每次都玩得很开心。有时,他们在沙堆上搭漂亮的房子,有时,他们在大水坑里放纸船,他们还常在水坑里钓鱼,虽然一条鱼都没钓上来过,但他们总是玩得很尽兴。

小爸爸喜欢和玛莎一起玩。她从不和他打架,从不向他扔石头,也从不伸脚绊他。如果他认识的所有男孩都像她一样,那该有多好。但事实并非如

此。此外,他们还取笑他和女孩玩。每当他们看到他,就用抑扬顿挫的声调取笑他:

萨沙爱玛莎!

萨沙爱玛莎!

"你们什么时候结婚呀?"他们这么问。

在他们看来,男孩找女孩玩,很招人讨厌。

小爸爸很伤心。有时,他还会难过得哭起来。

但玛莎只是哈哈大笑,她说:"棍棒和石头可以打断我的骨头,**但闲言碎语永远伤害不了我!**"

取笑玛莎一点意思都没有,所以男孩子们只取笑小爸爸,从不纠缠她。

一天,一只大狗跑进了院子,立刻有人尖叫起来:"是一只疯狗!"

男孩子们吓得四散逃窜,小爸爸愣在当场。狗离他很近。

就在这时,玛莎跑到小爸爸身边,向疯狗挥动她的小铲子。

"**快走开!**"她一边跺着脚一边大喊道。

疯狗把尾巴夹在两腿之间跑掉了。这时大家才明白过来它根本不是疯狗,它只是无意中走进了院子而已。每条狗都分得清别人家的院子和自己家的院子。即使是最凶猛的狗,跑到别人家的院子里,也会忘记自己有多凶猛。

男孩们看到它其实并不是疯狗,便一哄而上,跑去追它,还大喊大叫。但是,去追一只逃跑的狗,并不需要多大的勇气,连狗也明白这一点。它一回到街上,就停下来,转过身对孩子们咆哮。于是他们跑回院子,开始戏弄小爸爸。

"尿包!"他们喊道,"你都吓傻了,连跑都不敢跑了。"

但是小爸爸说:"你们才是吓呆了。只有玛莎不害怕。"

男孩子们一听,什么也说不出来了。但玛莎说:**"你错了,我也害怕!"**

她这话一出,大家都笑了。从那以后,他们再也不取笑小爸爸了。他和玛莎成了最好的朋友。

13 · 吹牛记

当爸爸还是小男孩的时候,他有很多朋友。他们每天都在一起玩。有时他们也会争吵,甚至还大打出手,但他们总是会和好如初。但有一个男孩从不和别人打架,他叫沃瓦。他个子不高,身体很结实,父亲是一名骑兵。沃瓦常常谈起他父亲的长官,著名的指挥官布琼尼。他给其他男孩讲布琼尼有多勇敢,如何与敌人作战,说他从不害怕将军、上校,也不畏惧子弹或刀剑。沃瓦对布琼尼的马和剑也十分了解。他总是说:

"等我长大了,
我要做布琼尼那样的人。"

小爸爸喜欢去沃瓦家找他。每次他们见面都很有趣,沃瓦总是很忙。他去商店买面包,劈柴火、扫地、洗碗,什么都干。

小爸爸看到,沃瓦家的每个人都很喜欢沃瓦。沃瓦的父亲常常用对大人说话的口吻与他说话,他说:

"这个星期天我们请谁吃饭,沃瓦?"

或者:

"你觉得柴火够用到春天吗,沃瓦?"

沃瓦总是知道该怎么回答。

如果沃瓦的朋友来家里,他们会让他坐下,请他吃美味的食物,然后一起玩游戏。小爸爸觉得自己家从来都没有沃瓦家那么有趣,心里非常遗憾。

他和沃瓦是好朋友,但他不明白为什么沃瓦从来不想打架。

一天,小爸爸问:"你是不是胆子小,**不敢**打架?"

沃瓦说:**"和自己一边的人打,有什么用?"**

有一次,男孩们争论众人当中谁最强壮。

"就算是比我高大的人,我也不怕!"一个男孩说,**"我可以像扔布娃娃一样把你们**

摸摸我的肌肉!"

"我强壮到连我自己都不敢相信。尤其是我的左手,就像钢铁一样。"另一个男孩说。

"如果你们想看看我到底有多强壮,那就得先惹我生气。"第三个男孩说,"不过你们最好离我远

点,因为谁也说不准我会做出什么事来。"

小爸爸说:"争来争去有什么用?我知道我比你们所有人都强壮。"

他们你一言我一语,把牛皮吹上了天,但沃瓦一句话也没说。

一个男孩说:"我知道该怎么办了!我们来摔跤!谁赢了,谁就是最强的。"

他们都同意,抱着彼此就扭打起来。每个人都想和沃瓦较量一下,可沃瓦从不和他们打架。他们都认为他很懦弱。

起初,沃瓦不想摔跤,但那个左手像钢铁一样结实的男孩一把揪住了他。他生气了,一下子就把男孩摔到了地上。然后,那个说可以像扔布娃娃一样把别人扔来扔去的男孩发现自己也被仰面摔到了地上。接着过来的是那个别人一惹恼他就会变得很强壮的男孩,他不停地叫嚣着自己还不够生气,但他的话还没说完,沃瓦就已经把他打倒在地了。最后,沃瓦也把小爸爸放倒了。不过他们两个是好朋

友,所以他假装把小爸爸摔倒是最难的。

"你是最强的,沃瓦。你为什么不早说呢?"男孩们问。

沃瓦大笑一声,说:

"吹牛有什么用?"

他们对此无话可说,但从那以后,他们不再吹嘘自己有多强壮了。小爸爸也明白过来,要变得强大,光吹嘘是不够的。他真的很欣赏沃瓦。

许多年过去了,小爸爸如今已经是个成年人了。他搬到了另一个城市,与沃瓦失去了联系,但他知道沃瓦已经成长为一个优秀的人。

·14· 入学记

当爸爸还是小男孩的时候,他总是生病。儿童常得的病,他都得过,像什么麻疹、腮腺炎和百日咳。他每次得病,都会出现并发症。等到并发症好转,小爸爸已经准备好再次生病了。

小爸爸到了入学年龄,可他又像往常一样生病了。等他终于好了,第一次来到学校,却发现同学们都已经学习了很长时间,彼此都熟悉了,老师也叫得出他们所有人的名字,但是没有人认识小爸爸。大家都盯着他看,那感觉糟透了。特别是还有几个孩子对他吐舌头。

一个男孩故意绊小爸爸,他摔倒了,但他没有哭。他一骨碌站起来,猛推一下男孩,这次换成男孩摔倒了。然后他站起来推小爸爸,小爸爸又跌倒了,这次他还是没有哭。他又推了那男孩一下,他们可能会互相推上一整天,就在这时上课铃声响了。孩子们纷纷走进教室,坐在自己的座位上。小爸爸不知道该坐在哪里,老师让他坐在一个女生旁边。教室里爆发出一阵哄笑,就连坐在他旁边的女孩也笑了。

泪水涌进了小爸爸的眼眶,但突然间,他觉得这一切都很有趣,**扑哧**一声笑了出来。老师也笑了。

"真是**了不起**。**我还怕你哭**鼻子呢。"她说。

"**我也怕**。"
小爸爸说。

大家又笑了。

"好了,孩子们,"老师说,"我希望你们记住,每次你想哭,都要努力挤出笑。这条忠告将对你们大有好处。现在我们开始上课吧。"

就在上学的第一天,爸爸发现自己的阅读能力比班上的其他同学都强,但自己的字却比其他同学都差。然而,当其他人发现他最擅长的是整节课都说个不停时,老师对他晃了晃手指。

她是一位非常好的老师。她很严厉,但也很善良。有她教他们,是一件很有意思的事。小爸爸一辈子都记得她的忠告,毕竟,那是他上学第一天发生的事。小爸爸上学之后的日子,有时很快乐,有时很伤心,有时会发生好的事,有时还会发生坏的事,但那是另外的故事了。

第二章

爸爸上学了

15 迟到记

当爸爸还是小男孩的时候,他和其他小女孩或小男孩一样去上学。

学校里的其他学生都在铃响之前到校,但是小爸爸总是迟到。有时候,他甚至会迟到整整一节课。这让老师非常吃惊。她说自己以前从来没有见过这样的学生。校长说他这种情况是独一份,其他学校也没有这样的学生。

"他每天迟到!"校长说,"他父母说他们也管不了。我已经和他们谈过两次了。"

没错,小爸爸的父母确实无能为力。每天晚上的状况都一样。

"作业写完了吗?"奶奶问。

"**等一下。**"小爸爸回答。

"别再看书了,马上去做作业!"爷爷说。

"再看一页。"小爸爸恳求道。

小爸爸读完这一页,又翻开一页。

书太有趣了,他舍不得放下。功课太无聊,他压根儿不想做。

"把书放下!"

"**等一下。**"

"把书放下!"

"**等一下。**"

最后,父母失去了耐心,他们伸手抢走小爸爸的书。

"到最后,你会变成一个游手好闲的废物。"他们责备道。

小爸爸觉得自己受到了伤害。他大喊大叫,哭喊着非要把书要回来。他说,除非他们把书还给

他,否则他就不写作业。

就这样,他每天都要拖到很晚。等小爸爸终于坐下来做作业,他困得直打盹。父母叫醒他,可用不了多久他又睡着了,但他们会一次又一次地叫醒他。因此,他每次都是在恍惚的状态下做作业的。等他做完,时间已经很晚了。爷爷和奶奶也都累得筋疲力尽。

到了早晨,情况就完全不同了。

"起床!"奶奶说。

"等一下。"小爸爸嘟囔着说。

"快起床!"爷爷大叫。

"等一下。"

"你要迟到了!"

每个人都知道,前一天晚上睡得很晚,到了第二天早上就会起不来。那会儿,你正做着最甜蜜的梦呢。尤其是还得去上学的话,就更难起床了。

时间一分一分地过去,小爸爸伸伸懒腰,呵欠连天。他梳洗完毕,睡眼惺忪地穿上衣服,一边打瞌睡一边吃早饭。收拾好书之后,他走出家门,向学校跑去。每次看到路上的钟,他的心都往下沉。

当小爸爸终于气喘吁吁地冲进教室时,连老师也大笑起来。

"啊，我们的**瞌睡虫**来了！"她说。

这话很伤人。

学校的墙报上刊登了一幅小爸爸的漫画。画里的他在床上呼呼大睡，爸爸和妈妈在他身上浇了两大桶水。有一只巨大的闹钟拽着小爸爸的一只耳朵，还有一个男孩在他的另一只耳边吹小号。这幅漫画的标题是：《校园摇篮曲》。小爸爸看了画气不打一处来，但他还是经常上学迟到。

小爸爸每天都把作业留到很晚才写，所以他的作业写得很糟糕。他总是迟到，经常听不到老师讲新课。如此一来，他就更难弄清楚班上的其他同学在做什么了。此外，他总是匆匆忙忙，总是迟到，总是在奔跑，总是很气愤。这一切都对他没有好处。可是，他还是经常迟到。

我很想告诉你，老师们责怪小爸爸，其他学生也取笑他。终于有一天，他比任何人都早到校，再也没有迟到过。

但我不想撒谎。

爸爸一辈子都没改掉迟到的习惯。当他还是个小男孩的时候，他上学迟到。后来他上了大学，进入了职场，依然经常迟到。小爸爸小时候经常因此挨罚。他没少挨骂，总是很丢脸。长大后，因为这个坏习惯，他失去了很多东西。他看戏迟到了，错过了第一幕。他经常在聚会上迟到，结果再也没有人邀请他。他就连办工作上的事也会迟到，把整个项目都搞砸了。

有很多次，他独自一人在无人的街道上迎接新年，因为他又迟到了，正急匆匆赶去参加新年晚会。许多人等着他，可左等不来，右等也不来。

他的朋友喜欢讲他迟到的趣事。即使是现在，爸爸也不会慢条斯理地走路。他习惯了迟到，总是行色匆匆。夜里他甚至梦见自己约会迟到，在睡梦中颤抖和呻吟。有时他梦见自己又变回了小男孩,正在往学校跑,但当他在梦中抬头看钟时,发现时间还很早!每个人都恭喜他,校长递给他一束花,他们把他的画像挂在校礼堂里,乐队为他演奏。然而,他总是在这个时候醒来,心想:

要是能再回到小时候,他上学绝对不会迟到。

16· 观影记

当爸爸还是小男孩的时候,父母不允许他看电影。他们说:"你还太小,你以后还有很多时间可以看电影,反正现在也没有适合你的影片。"

爷爷奶奶就是这么说的。姑妈还说:"要我说,电影院就是病毒的温床。那里只有麻疹、猩红热和百日咳,当然也少不了白喉。"

于是姑妈开始滔滔不绝地给他讲白喉。小爸爸恳求他们同意他去看电影,可是白费力气。他申辩说朋友们早就看过电影了,没有一个感染上麻疹、

猩红热或百日咳,更不用说白喉了,可他们甚至不肯听。他们的回答总是一样的:

"还是等你上学吧,到时候就不要紧了。反正那时候我们也没办法防止你感染各种病了,你想看多少电影都可以。"

小爸爸其实"看过"所有新电影,但都是朋友们演给他看的。男孩子们经常表演道格拉斯·费尔班克斯在《零的标记》中的片段,学着他骑马驰骋、击剑,戴着黑色面具干掉所有的敌人。他们模仿查理·卓别林、喜剧演员伊戈尔·伊林斯基、身材瘦高的帕特和身材矮胖的帕塔雄,模仿着著名的牛仔威廉·哈特奔跑,他们尽了最大的努力。一天,小爸爸听到大人们说玛丽·碧克馥的笑容很迷人。

"她的笑容是什么样的?"小爸爸问朋友。

一个男孩模仿了玛丽·碧克馥是怎么笑的。他模仿得很努力,每个人都说他笑得比玛丽·碧克馥好看得多。尤其是这么多年来她一直在笑，而且看她笑是收费的。而男孩才表演了两天，还是为了朋友免费表演。

小爸爸很清楚男孩们只是想让他高兴起来，但这只会让他更想去看电影。

那快乐的日子终于到来了，小爸爸成了一名小学生。开学后的第一个星期天，老师带全班同学去看日场的《小红魔》。小爸爸读过同名的书，他迫不及待地想看看童子军，可怕的马赫诺，以及屏幕上所有刺激精彩的冒险。

电影院离小爸爸的家不远，就连小维克叔叔都知道它在哪儿。所以他比迟到的小爸爸到得还早，已经和小爸爸班上的所有同学都交了朋友，连老师也认为他很可爱。小爸爸看到了弟弟，一句话也没说，只是过去揪住他的衣领，拖着他就走。小维克叔叔**号叫**起来，他嘴里的三块糖果掉了出来。糖是小爸爸班上的女生给的，而小维克叔叔是个很有礼貌的男孩。有人给他糖果，他从不拒绝。

小维克叔叔哭得稀里哗啦，小爸爸班上的其他孩子都站在他一边，连老师也说："让他跟我们一

起去吧,我会照顾好他的。"

于是小爸爸放开了弟弟的衣领。众人都进了电影院。孩子们从四面八方冲进影院的大门。快乐的小维克叔叔像兔子一样,蹦跳着走在大家前面,结果绊了一跤。小爸爸就在他后面,他被弟弟绊了一下,摔倒在他身上。后面,小爸爸班上的其他同学快步冲了过来,一个接一个地全都摔倒在他们的身上。这很严重,尤其是对被压在最下面的人而言。小维克叔叔刚才像兔子一样蹦蹦跳跳,现在却像猪一样吱吱尖叫,小爸爸也在号叫。就在这时,他的老师和另外两名来自另一所学校的老师跑过来救援。他们先是拦住了后面跑过来的学生,又把倒成一堆的学生们一一扶起。他们抱起了被压在最下面的小爸爸和小维克叔叔。他们两个身上都是**青一块紫一块**的,老师便把这两个伤员送回了家。姑妈一看见他们,就惊呼道:"看见了吧,我早就告诉过你了!"

从那以后,很长一段时间他们不允许小爸爸去看电影。不过,他们最终还是让他去了。他看了《小红魔》,后来还看了其他很多电影。他现在仍然喜欢看电影,维克叔叔也是。

17 害羞记

当爸爸还是个小学生的时候,经常会发生这样的事:铃声响起,课间休息结束,走廊里空无一人。同学们在座位上坐下,但小爸爸站在教室门外,伤心地掉眼泪,而他的同学们都在咯咯笑。老师一进来,立即就知道出了什么事。

"怎么了?"她笑着说,"姑娘们又取笑你了吗?"小爸爸点头。

为什么女生们要取笑小爸爸?她们做了什么?

事情其实很简单。

课间休息结束，学生们成群结队地走进教室。三四个女孩聚在小爸爸的课桌后面，咯咯地笑。他是一个非常害羞和文静的男孩，只和玛莎一个女孩玩过。他总是躲着女孩子

们。她们很快就注意到了这一点,开始取笑他。一切就是这样开始的,如果必须坐在一个女孩旁边,那还不算太糟。但有四个女孩坐在你的课桌前咯咯地笑,那又是另一回事了。

要是其他同学也跟着笑,

真和天塌了差不多。

小爸爸只能跑出教室,站在门后号啕大哭。他看上去傻呆呆的。其他男孩是这么说的:

"你**为什么**要在乎她们呢?

把她们**赶走**啊! 把她**推开**!

用力点推,给她点教训!"

有人把那个笑得最大声的女孩从小爸爸的座位上推开。她是一个非常活泼的女孩，非常可爱，她叫塔玛拉。也可能是盖尔雅？或者是薇拉？还是露西？不，是瓦莉亚。她可能知道，在班上所有的女孩中，小爸爸最喜欢她，也许这就是她笑得那么大声的原因。但是，这把小爸爸弄哭了。

最后，老师受够了这一切。一天，她带着哭泣的小爸爸走进教室，说："这个班有16个女生和18个男生，这16个女生一直在戏弄同一个男孩。我想知道的是，她们为什么不取笑其他17个男孩？谁知道答案？"

老师说："她们为什么只挑这一个男孩取笑？我是认真的，谁来回答我？"

学生们先是都沉默了，接着有几个女孩咯咯地笑起来，然后有个男生举起手说："因为别人一逗，他就哭鼻子。"

"说对了。"老师说。

"记住,人人都觉得笑比哭好。你明白吗?"老师又问小爸爸。

"明白了。"他抽泣着说。

"那就试着记住这一点。" 她说,"不然的话,你一辈子都得受女孩们的嘲笑。"

小爸爸可不希望这样可怕的事发生在自己身上。所以,等到那四个女生再次聚到他的课桌前咯咯笑,他没有掉眼泪,反而沿着过道径直走到他最喜欢的女孩的课桌旁坐下。这时候,同学们又开始嘲笑那个女孩,可她并没有哭。这下子,女孩们不再戏弄小爸爸了,他们甚至成了朋友。从那以后,只有男孩们为难他,但男孩就是男孩,他们就是喜欢打架。

·18· 猎虎记

当爸爸还是个小学生的时候,他猎过老虎。那是一只小老虎,它不上学,但它住在学校的操场里。事情是这样的。

春天的一个下午,放学后,小爸爸和朋友们坐在学校操场上晒太阳。和世界上所有地方的男孩子一样,他们在聊天,聊聊这,聊聊那,什么都聊。他们谈到了足球,明天的考试,昨天打的那一架,《巴格达大盗》,最喜欢的冰激凌口味,谁要去露营,谁要和父母一起在乡下度过无聊的夏天。男孩子们聊天,小爸爸则在看书。我不知道书是讲什么的,不过可能是一个冒险故事。因此,就在大家一时间没什么可聊的时候,小爸爸突然说:

"去打老虎怎么样?"

其他男孩哈哈大笑。

"带我一起去吧。"米沙说。

"还有我!我也去!"其他男孩都附和道。

接着,一个男孩说:"嘿!大家都走吧!全班一起去!"

每个人都喜欢这个主意。

"但要怎么猎老虎呢?"米沙想知道。

"很简单。"小爸爸说,"首先,骑着大象进入丛林,里面到处都是猴子、香蕉和鹦鹉。"

"还有驴子、大手帕和胡萝卜。"米沙揶揄道,"还是给我们讲讲老虎的事吧。"

"我就要讲到了。老虎就躲在丛林里,跳出来攻击大象。大家都瞄准老虎,朝它射击。那之后,大象会用鼻子缠住老虎的身体,把它举起来,猛摔到地上,再用脚把它踩个稀巴烂。看到了吗?就和这幅画一样。"

男孩们仔细研究那幅画。米沙说:

"我知道了!你,你,还有你,你们演大象,我们就演猎人,操场是丛林。每个猎人都捡一根树枝当枪,大家都准备好了?那就骑上大象,出发吧!老虎在那儿!看到它身上的条纹了吗?"

"不,那只是一只小猫。"小爸爸说。

"闭嘴!
你根本不知道你在说什么。
现在听我号令,伙计们!

大象,前进!"

小爸爸扮演的是猎人。他骑在大象身上,看到那只条纹小猫惊奇地注视着大象和猎人。它太惊讶,都忘记要逃跑了。

"开枪!" 米沙喊道。

树枝像雨点一样落在可怜的小猫身上。小爸爸来不及细想,也把树枝扔了出去。

幸运的是,
他没打中。

小猫惊恐地跑掉了。

就在这时,一根树枝打在了它的头上。小猫喵喵叫了一声,身体一滚,仰面倒在地上,四条腿抽搐起来。接着,它就不再动了。

"我们把老虎打死了!"米沙喊道。但一个男孩说:"小猫死了。"

他们都跑过去看。

小小的条纹毛球一动也不动。小爸爸突然意识到小猫本来活得好好的,现在却死了。它再也不会跑,不会跳,也不能和其他小猫一起玩了。它永远也长不大,不能抓老鼠,也不能在屋顶上喵喵叫了。

现在一切都结束了。

小猫根本不想玩猎老虎游戏,但没有人费心去问它愿不愿意。男孩们站在死猫的周围,一句话也说不出来。

突然,他们听到有人叫道:"啊!我的猫!我的小猫咪!"是个小女孩,头发上戴着蓝色的大蝴蝶结。她把小猫抱起来带回家。男孩们羞愧得连看都不敢看对方一眼,也都拖着沉重的步子回家了。从那以后,小爸爸再也没有伤害过猫、狗或其他任何动物。他现在依然为那只条纹小猫感到难过。

·19· 画画记

当爸爸还是小男孩的时候,他很喜欢画画。他得到了一盒彩色铅笔,整天都画个不停。他画小房子,每栋小房子都有一个烟囱,烟囱里冒着烟。每栋房子旁边都有一棵树,树上落着一只鸟。所有的房子都是红色的,屋顶泛着黄色,烟囱都是黑色的,烟囱里冒出的烟是浅紫色、亮黄色和粉红色的,树都是绿色的,树上的鸟也带着些绿色。黄色的太阳在淡紫色的天空照耀着,一轮白色的月亮浮在太阳旁边,月亮周围是金色和白色

的星星。画很美，但每个看到画的人都说："你在哪里见过蓝色的树和绿色的鸟？"

小爸爸说：**"在我的画里。"**

入学前，小爸爸认为自己知道怎么能把画画好，但学校里的人都和他想的不一样。他画得很糟糕，美术老师从来没有和他说过一句话，他对其他孩子说，"你画得很好""你画得不好"或者"这条线要画直"，但他甚至从来没有对小爸爸说过"你画得不好"。他经过小爸爸的课桌，看着他的画，五官都皱成了一团。不知道的还以为他咬了个柠檬。

有些女孩为小爸爸感到难过。老师一转身，她们就飞快地在小爸爸的图画本上画些东西。她们尽量画得糟糕一些，可是没有人能像小爸爸画得那么差。老师一眼就看出了差异，说："这是谁画的？"

"不是我。"小爸爸老实回答。

"我看得出来，"老师说，"但我想知道是谁帮了你。你永远也学不会这样画画的。你必须自己画。"

"我现在就自己画。"小爸爸回答,说完就在画本上画了起来。老师的眉头再次皱成了一个疙瘩。

"现在我看得出哪是你自己画的了。"他说。

下次开家长会,绘画老师简单讲了几句。

"亲爱的家长们!"他说,"有五个学生在绘画方面成绩优异。"

他说出了他们的名字。

"大多数孩子的成绩都不错。也有几个很差。"

他又说了三个孩子的名字。

"可是有一个男生……"说到这里,他露出一副苦瓜脸,说出了个小爸爸的名字,"并不是说他画得不好。我只是觉得他有某种心理障碍,而这阻碍了他学习绘画。"

奶奶和爷爷非常失望。

不过,这是事实。一晃很多年过去了,从小学到中学,再到大学毕业。在这段时间里,他只学会了画猫,可所有孩子都会画猫,就连很小的孩子都会。爸爸很羡慕他们,因为他们画的猫比他好得多。

他曾经看到一个画家画得和他一样差,但那个人说:

"在我眼里,这张脸、这棵树和这匹马**就是这样的,**所以我就这样画了出来。"

遗憾的是,小爸爸从来没有想到可以这么对美术老师说。

·20· 别针记

当爸爸还是个小学生的时候,他非常喜欢他的老师,同学们也都很喜欢她。她个子高,长相普通,总是穿深色的衣服。大人们说她一点也不漂亮,但是小爸爸觉得她很美。她的名字叫玛丽亚·彼得罗夫娜。她很友好,但她也很严格。最重要的是,她是一个非常公正的人。所有的孩子都知道,如果她生气了,那一定是他们的错。她每次生气,总有充

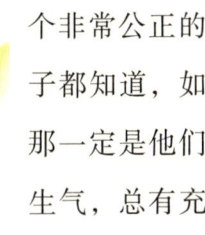

分的理由。她从不偏袒班上的哪个学生，她喜欢她所有的学生。他们不做作业，或者在课堂上吵闹，她会对他们每个人生气。大家都知道她教了 20 年书，每个人都知道她讨厌吹牛大王，讨厌爱搬弄是非和贪心的孩子。

玛丽亚·彼得罗夫娜的课总是很有趣，学生们在她的课堂上通常都很安静。一天，有人用别针扎了小爸爸的背。

"啊！"他喊道。

"怎么啦？"老师说。

小爸爸什么也没说。

"请离开教室！" 老师接着说。

小爸爸起身，朝门口走去。就在这时，两个女孩喊道：

"不是他的错！"

"是伊奇科夫用别针扎了他！"

老师说："那么就请那个大喊大叫的人、用别针戳别人的人，还有打小报告的人，都到教室外面去。孩子们，你们同意吗？"

每个人都喊道："同意！"

于是两个女生、小爸爸和伊奇科夫一起出去了。小爸爸哭了。他很不高兴,不光无缘无故挨了针扎,还被赶出了教室。

伊奇科夫嘲笑两个女生和小爸爸,但可以看出,他并不像他假装的那么开心。女孩们既不笑也不哭,但她们俩看上去都不高兴。

第二天,小爸爸带了一个大钉子来学校。趁老师转过身在黑板上写字时,小爸爸从口袋里掏出钉子,一下子扎在伊奇科夫的手上。伊奇科夫疼得大叫一声,把小爸爸吓坏了。玛丽亚老师非常生气。

"又是你,伊奇科夫?"她说。

"不是。是他扎我。"伊奇科夫抱怨道,举起手让她看。

"昨天你扎了别人,今天有人扎你。这很有趣。是谁扎了伊奇科夫?"

所有的孩子都转过身来看着小爸爸,但没有人说话,谁也不想成为告密者。就连伊奇科夫也保持沉默,只是不断地抽噎着。

"那是谁?"玛丽亚老师继续问,语气非常严厉。小爸爸害怕极了,他突然不由自主地说:

"我没有扎他。"

老师说:"你没用什么扎他?"

小爸爸立即回答说:

"这颗钉子。"

同学们爆发出哄笑。他们的声音太大了,甚至都把隔壁教室的老师吸引了过来,他说:

"什么事这么好笑?"

玛丽亚老师回答说:"我们很高兴,是因为一个男孩没有用这根钉子扎另一个男孩,另一个男孩没有喊叫,也没有人打小报告,还因为没有人试图欺骗老师。"

孩子们感到非常惭愧,每个人都恶狠狠地瞪着小爸爸。

小爸爸站起来说:"昨天他扎了我,我疼得大叫。今天我扎了他,他疼得大叫。还有,我撒谎了。"小爸爸停顿了一下,又说,"我不会再这样做了。"

"我也不会了。"伊奇科夫说,但他对小爸爸挥拳头,所以没人相信他。

"没有什么比撒谎更糟糕的了。"玛丽亚老师说。

小爸爸再也没对她撒过谎。

再也没有了。

21 · 拦车记

当爸爸还是个小学生的时候,他有一个朋友兼同学米沙。

米沙是个小淘气。课间休息时总有一大群人围着他。每个人都想听米沙学猫叫、学狗叫、学蜜蜂的嗡嗡声,或者学猪的咕噜咕噜声。他特别擅长模仿公鸡啼叫,学得惟妙惟肖。他先模仿小公鸡费力啼叫的样子,"喔……喔……喔……"叫得磕磕巴巴。但是小公鸡飞到篱笆顶上,有生以来第一次大声啼叫,还会拍打翅膀。这时,米沙就会把衬衫和汗衫从裤子里抽出来,用手掌拍打赤裸的肚子,那声音像极了公鸡扇动翅膀。可惜课间休息时间不够长,不能让米沙演得尽兴。就这样,有时课上到一半,就会响起小猫的喵喵叫声或小老鼠的吱吱叫声。老师总会生气地说:

"米沙!别再学猪叫、学猫叫了!"

"我不希望再听见母鸡的咯咯叫了,米沙!"

"你听到我说的话了吗?别模仿狗叫了!"

"你要像猪那样哼哼多久?"

"你又在学鸟叫吗?"

"你再发出蜜蜂的嗡嗡声,就给我出去!"

但米沙很少被赶出教室,老师喜欢他,经常被他的恶作剧逗得大笑。有一次,就连校长也忍不住笑了，周围看着的人也笑了。

这发生在校长把米沙叫进校长办公室的时候，他长篇大论，训斥米沙不该恶作剧。

最后，他说："你现在可以走了，但我不想再看到你的双脚踏进这里一步。"

于是米沙倒立起来，就这样倒立着出了校长办公室。之后，校长确实叫来了他的父母。

但每个看到他倒立离开的人 都 笑 了。

一天放学后，米沙说："你们想不想看我拦电车？"

很自然，每个人都大叫道："想看！"

"那走吧！"米沙说。

所有的男孩都蜂拥在他后面，走出了教室。电车路线离学校不远。

"站在这儿,看好了。"米沙说。

远处,电车驶了过来。所有人都躲开了,只有米沙没有动。电车越来越近了,铃声越来越响,其余的男孩都吓坏了。电车在非常接近他时停了下来。铃声一停,米沙就跳起来,飞奔进了一条小街。列车员所能做的就是对他挥挥拳头,电车继续前进。男孩们围住米沙,叽叽喳喳说着。

"你不害怕吗?"

米沙默不作声地看了他们一眼。

第二天,柯利亚拦住了电车,第三天是克斯特亚。那之后,是西科斯基家的双胞胎登场。

现在轮到小爸爸了,许多其他班级的女孩也来观看表演。

毕竟,小爸爸是一个非常文静的男孩,她们都想看看他是怎么拦电车的。

聚集在一起看小爸爸的孩子太多了,列车员从很远的地方就看到了,他平静地停下电车,向小爸爸冲了过来,然后一把抓着他大喊:

"啊哈!终于抓到你了!"

其他的孩子们一哄而散。只有米沙停下来,在侧巷里喊道:

"你没有权力这么做!"

但是没有人听他的话。

小爸爸受到了惩罚,在学校也丢尽了脸。校报上的一篇文章专门讲了他的事。

其实,小爸爸很高兴自己被抓了,因为从那以后,孩子们再也没有去拦过电车。

·22· 遇蛇记

当爸爸还是个小学生的时候,他遇到过一条蛇。事情是这样的,一天放学后,老师说:"同学们!我们明天要去森林,我们会在草地上散步,你们还可以在阳光明媚的空地上玩。谁想去?"

所有的孩子都举起了手,小爸爸也一样。

老师笑着说:"谁反对这个提议?"

他们又都举起了手,小爸爸也一样。

老师很惊讶。

"什么意思?"她问,"你们到底想不想去森林里散步?"

"想去!"他们齐声喊道。

"那为什么还要反对?"

没人知道为什么。

最后,一个女孩说:

"因为我们喜欢投票。"

大家都笑了,老师也笑了。她说:"你们这群小傻瓜,别忘了带午餐,森林里可没吃的。下课。"

所有的孩子都站了起来。

突然,小爸爸又举起了手。

"又有什么事?"老师问,"你们真的很喜欢投票,是吧?"

"我可以带上铲子吗?"

"既然你们都这么喜欢投票,那就投票决定吧。谁同意他带铲子?"

每个人都举手了。

"一致同意。"老师说。

于是,小爸爸带着铲子去了森林。毕竟,他还是个小男孩,还很喜欢他的铲子。他很高兴大家都投票支持他。

森林里的景色很美。树木葱郁,新长出来的草柔软细嫩。小爸爸惊奇地注视着森林里的一切。

"孩子们,看看这棵树。"老师说,"有人知道这是什么树吗?"

"是一棵橡树!橡树!"他们齐声喊道。

那个喜欢投票的女孩(她的名字叫奥利娅)说:"这是一棵又老又壮的橡树。"谁也不知道她为什么那样说,就连老师也显得很惊讶。然后她说:

"这是什么树?"

大家一起喊道:"这是一棵小桦树!"

小爸爸看到奥利娅张开嘴要说话,赶紧低声说道:"这是一棵粗壮的小桦树!"

奥利娅向小爸爸伸出舌头,小爸爸大声说:

"多么粗壮的小舌头啊!"

大家都笑了,但是老师说:

"谁再打扰我上课,那我只能请他离开森林了。"

她的语气很严厉,学生们赶紧闭上嘴,但她自己却笑了。

她给孩子们讲了北方和南方生长的许多不同的树木。

有人发现了一只瓢虫，大家齐声唱了起来：

"瓢虫，瓢虫，

快快飞！

你的房子着火啦，

你的孩子在哭啦！"

但是瓢虫不想飞走。突然，他们想起了午餐，肚子咕噜噜叫了起来。在森林空地上野餐，真有意思。他们找了一根大树桩当桌子。大家交换食物，老师从包里掏出了一盒糖果，大家见了都欢呼起来。

突然有人尖叫起来：**"有蛇！有蛇！"**

是奥利娅。她一直坐在空地边上，紧挨着小爸爸。她猛地跳起来，尖叫声越来越大：

"救命！妈妈！"

小爸爸也跳了起来，有一条灰绿色的黑斑蛇在奥利娅附近爬来爬去。他以前从来没有见过真正的蛇，吓得不轻，连忙用锋利的铲子使劲地打蛇。奥利娅还在尖叫，所有的女孩都跟着叫了起来。

老师不可置信地看着小爸爸,小爸爸还在用力地劈砍着。

"够了!这是一条无害的草蛇,没毒。"她说。

小爸爸停止了劈砍的动作,女孩们停止了尖叫,但奥利娅仍在叫。

"是一条草蛇!一条草蛇!"

这时,所有的男孩又叫了起来——

"救命!有蛇!"

"所有人,都安静!" 老师说。

等大家终于都冷静下来后,她说:"草蛇是没毒的,而且它们能消灭花园里的害虫和老鼠。你们必须学会分辨草蛇和毒蛇,还要记住,不要忙着像个小宝宝似的尖叫,应该先弄清楚发生了什么事。

一个男孩认为遇到了毒蛇,却没有逃跑,反而留下来保护朋友,确实非常勇敢,不过你其实不必一直劈砍。"

大家都笑了,小爸爸把铲子扔进了灌木丛。之后很长一段时间,同学们都会大喊"救命!是一条草蛇!"。他觉得其他人取笑奥利娅没问题,但他不行。此后,他再也没有遇过蛇。

23 · 德语记

当爸爸还是个小学生的时候,他得到过各种各样的分数。他的俄语得了 B,算术得了 C,书法得了 D,绘画得了 F。美术老师信誓旦旦地说,他要是再不长进,就再给他一个 F。

一天,一位新老师走进了教室。她人很好,年轻美丽,喜欢笑,穿着非常漂亮的衣服。

"我叫埃琳娜,你们呢?"她微笑着问道。学生们都开始大喊:

"热尼亚!" "吉娜!"
"莉莎!" "米沙!"
…… "柯利亚!" ……

埃琳娜老师用手捂住耳朵,等学生们不喊了,她说:"我负责教你们德语,你们想学德语吗?"

"想!想!"全班同学喊道。

于是,小爸爸开始学习德语。起初,他很喜欢德语,"椅子"是 der Stuhl,"桌子"是 der Tisch,"书"是 das Buch,"男孩"是 der Knabe,而"女孩"是 das Mädchen。

这就像一场游戏,每个人都很感兴趣。然而,一开始学动词变化和词形变化,Knabe 和 Mädchen 这些词就变得无聊了。他们意识到,想学会德语,就必须努力学习,这根本就不是游戏,这门课就像算术或俄语一样。埃琳娜老师想尽办法让德语课生动有趣,她带着有趣的德语故事书来上课,教孩子们唱德语歌,用德语给他们讲简单的笑话。那些真正在学习的学生从中得到了很多的乐趣，但没认真学的学生压根儿听不懂她的话。自然，他们感到很无聊。他们不怎么看 das Buch，每次埃琳娜老师叫他们回答问题，他们都像 der Tisch 一样沉默不语。

有时，就在德语课开始前，会有一阵疯狂的喊叫声响起："Ich habe spazieren！"（意思是："我必须走走！"）但这个人真正想说的是"我们离开这里吧！"。

一听到这种叫声，许多男孩就会加入进来。可怜的埃琳娜老师来上课时，发现所有的男生都跑掉了，他们都 spazieren（散步去）了，只有女孩子留下来上课。她很不高兴。小爸爸也在逃课的男生之列。

他逃走不是为了惹埃琳娜老师不高兴。逃学，躲在学校的阁楼上，不让她、校长和老师们看见，真是太有意思了。在阁楼里待着，比坐在教室里听不懂德语课有趣得多，因此，面对埃琳娜老师的问题"Haben Sie ein Federmesser？"（意思是："你有铅笔刀吗？"），他只是呆呆地站在那里，吭哧半天才说："Ich nicht……"（意思是：

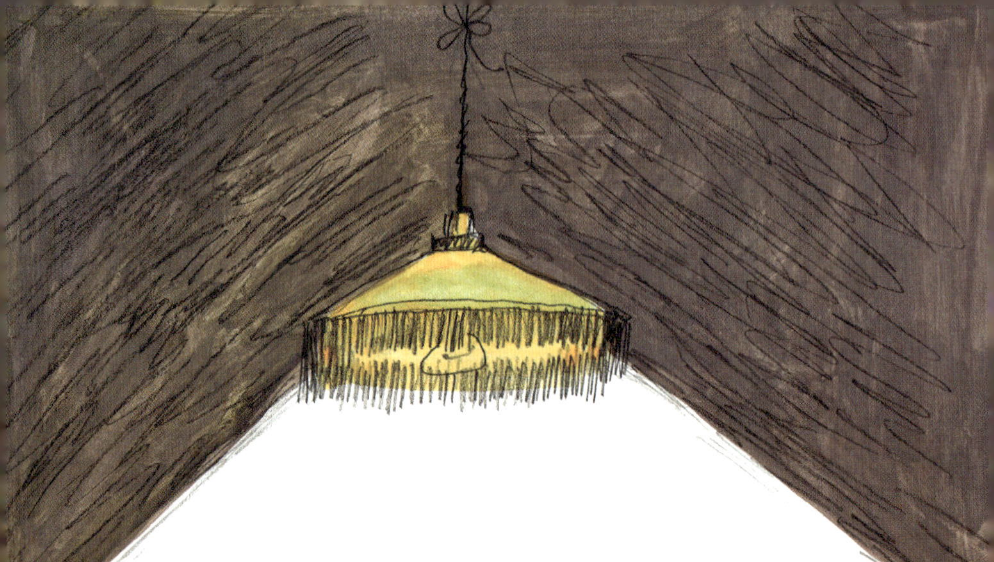

“我不是……”）

女生们听了咯咯地笑。

小爸爸不喜欢成为被嘲笑的对象，他更喜欢嘲笑别人。他若有点理智的话，就该好好学习德语，但是小爸爸生德语老师的气。总的来说，他是生德语的气，但他找到了一种报复的方法。

Haben Sie Ein Federmesser
“你有铅笔刀吗？”
Ich NIcht ……
“我不是……”
Собака

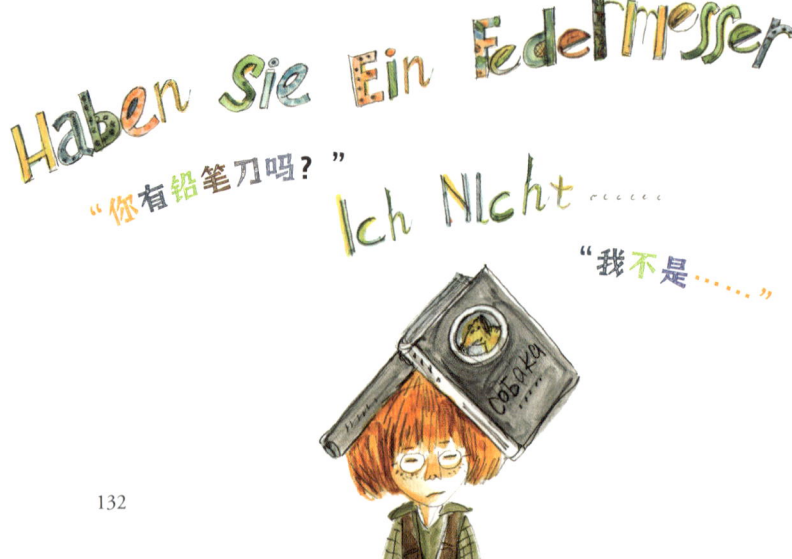

小爸爸学不好德语,他在另一所学校也从未好好学习法语。后来到了大学,他也没怎么学英语。现在爸爸连一门外语都没掌握,他明白自己是失败者。有很多他喜欢的书,他都看不懂原文。此外,他经常有机会见到来自其他国家的人。他们的俄语很差,但他们都在认真学。他们问爸爸:

"Do you speak English?"
你会说英语吗?

"Sprechen Sie Deutsch?"
你会说德语吗?

"Parlez-vous français?"
你会说法语吗?

爸爸只能摇摇头,说:"Ich nicht."

·24· 作文记

当爸爸还是个小学生的时候,他有个朋友叫瓦西亚。他住在小爸爸的隔壁。他们总是一起走路上学,一起走路回家。他们在学校坐同桌,共用一张双人课桌。瓦西亚做算术题比班上的其他学生都快。他帮助小爸爸做算术题,小爸爸帮助瓦西亚写作文。他们对彼此都很满意,即便他们打过架,他们也只会跟对方打架。

一天,老师说第二天要交一篇作文,题目是

《我是如何度过这个夏天的》。

"我不知道该写些什么。"瓦西亚对小爸爸说。

"你在哪儿过的暑假?"

"乡下。"

"那就写写乡村呗。"

"写什么?"

"你在那里做了什么?"

"没什么特别的。游泳、钓鱼,在树林里散步。"

"就写这些。"小爸爸说。

瓦西亚的作文很快就写好了,他把它拿给小爸爸看。他是这样写的:

我是如何度过这个夏天的

我在乡下奶奶家度过了夏天。我去游泳、钓鱼,还和同伴们一起去了树林。乡下的夏天很美好。

"这算不上作文。"小爸爸说,"写一下你的奶奶,她是什么样的人,她说过什么,她做了什么,她喜欢唱什么歌。"

"她不唱歌,但她给我讲故事。"

"好吧,那就把她给你讲的故事写下来。写写那些男孩子、河流、树林。"

"我写不了那么多。"瓦西亚说,"那么我口述,你来记录下来怎么样?"

于是瓦西亚给小爸爸讲了他的奶奶、同伴们、森林和河流。小爸爸写了一篇很长的作文,他尽了最大的努力,瓦西亚认为作文写得很好。

"我会重抄一遍的。"他说,"你也该去写你自己的作文了,时间不早了。"

瓦西亚走后,小爸爸坐下来写他自己的作文,但他写了**很久**都没写出来。

连续两次就同一个题目写作文不是件容易的事。小爸爸也是在乡下过的夏天。他也在树林里散步，在河里游泳。但他把这些都写进了瓦西亚的作文里。他现在的任务是写一篇与瓦西亚那篇不一样的作文，否则，老师肯定会猜到其中有蹊跷。这时已经很晚了，小爸爸已经不在乎他的作文写得好不好了。他写的作文与瓦西亚那篇没有半点相似之处，事实上，就像老师说的，他那篇作文是四不像。

她把作文本发给学生们，说："孩子们，这是你们的作文。瓦西亚的作文最好，现在我来大声朗读一遍。"

她把小爸爸的第一篇作文读给全班听。

"真不错，瓦西亚！"老师说，"非常棒。你的作文很有趣，写得很好，一点错误也没有。你有一位了不起的祖母和很好的朋友。"

瓦西亚满脸通红。

他不喜欢因为自己没做过的事而受到表扬。

然后，由于一些未知的原因，她看着小爸爸说："现在我要读一读最差的作文。"她读了小爸爸的第二篇作文。

现在轮到小爸爸满脸通红了,他不喜欢自己没有犯错却平白挨骂。

老师读完小爸爸的作文说:"希望下次你的水平能提升,瓦西亚的水平不要下降。明白了吗?"

"**是的**。"小爸爸用近乎耳语的声音说。

"你也明白吗,瓦西亚?"她说。

"**是的**。"瓦西亚低声说。

两个人肩并肩坐着,脸颊像火烧一样,其他孩子谁也不明白是怎么回事。小爸爸和瓦西亚没有讨论这件事,但从那以后,小爸爸开始自己做算术题,瓦西亚开始自己写作文。

起初,小爸爸的算术题错误百出,瓦西亚的作文也不太好。然而,随着时间的推移,他们都进步了,并且明白了一个道理:

你不**自己做**自己的工作,就永远不能有所**收获**。

多年以后,他们仍然是最好的朋友,仍然共用一张双人桌。

·25· 诗人记

当爸爸还是个小学生的时候,他有一次和诗人马雅可夫斯基说话,或者更确切地说,是诗人马雅可夫斯基找他说话。事情是这样的:

小爸爸写了一首诗叫《矿工》,并把它拿给老师看。她读了之后说:"学校里没人写诗,所以我们会把你的诗登在校报上,这对你有好处。但你可千万别以为自己是普希金那样的大诗人。"

小爸爸保证他不会认为自己比得上普希金。

他的诗刊登在了校报上。所有的学生都看校报,于是他们发现三年级有个男孩会写诗,老师们表扬他。一些学生开玩笑说:"他是个诗人,可他自己还不知道!"

大一点的女孩都让小爸爸在她们的签名簿上给她们每人写一首诗。

校报的编辑说:"从现在开始,你最好每期都写一首诗,否则你会后悔的。"他把拳头举到小爸爸的鼻子前。

长大后,小爸爸明白诗人都希望有编辑求着他们一直为报纸写诗,但他当时很害怕。编辑是个七年级的男生,个头高大,拳头大得能把所有人吓得屁滚尿流。因此,从那时起,小爸爸一直在写

诗。小爸爸的诗出现在每期校报上,有时甚至有两首。

小爸爸的诗写尽了天底下的事物。有的诗歌颂了春、夏、秋、冬,有一首诗讲的是巴黎公社,有的诗讲的是霸凌和偷窃,甚至还有一首诗名为《普加乔夫兵变》。这首诗说的是六年级学生翘化学课的事,化学老师就叫普加乔夫。在两年的时间里,小爸爸写了不少诗,但他拿不准这些诗是否真的好。学校里每个人都称赞他,但他有种感觉,他写的诗都不入流。尽管如此,他还是渴望弄清楚自己有没有能力写出真正的诗歌。谁能告诉他这个问题的答案呢?

只有真正的诗人才可以,

还要是最优秀最著名的诗人。

这个人就是弗拉基米尔·马雅可夫斯基。

小爸爸把自己最好的诗挑出来,决定拿给马雅可夫斯基看。但他不敢去见马雅可夫斯基,因为他还是个小男孩。

因此,**他最后决定给诗人打电话。**

他在电话簿上找到了马雅可夫斯基的电话号码。接下来的几天下午,小爸爸每天都挑一个没人在家的时间,把自己写的诗摊开在桌子上,深吸一口气,拿起话筒,告诉接线员号码……然后猛地挂断电话。他太害怕了,不敢和马雅可夫斯基说话。

这样整整一个星期,小爸爸也没打成电话,他为自己感到非常羞愧。

终于，在星期天的晚上，爷爷和奶奶出门看戏去了，小爸爸又拨通了马雅可夫斯基的电话。他死死地抓住听筒，这次他没有挂断。接电话的是一个低沉的声音，这个声音让他终生难忘，而且听起来非常生气。

"**是谁？**"那声音非常严厉。

小爸爸立即失去了勇气，一句话也说不出来了。

"**是谁在 胡 闹 ？**"

那声音发出雷鸣般的怒吼，

"**有个白痴
每天都打电话来。
打通了又不讲话！
嘿，说点什么吧！
唱给我听，亲爱的！**"

小爸爸吓得一个字也说不出来,他错过了道歉和打招呼的好时机,甚至都没能说点什么。现在他所能做的就是在恐惧中沉默地听着。

"你等着吧,我会抓到你的!再给我打电话试试!"

马雅可夫斯基砰的一声挂断了电话。小爸爸再也没有给他打电话。他从未见过他,也没再听过他的声音。他甚至从来没有告诉过任何人发生了什么,多年来只有两个人知道这段对话,一个是小爸爸,另一个是弗拉基米尔·马雅可夫斯基。但在当时,只有小爸爸知道是怎么回事。他从未忘记与马雅可夫斯基的对话。现在你也知道了。

·26· 表演记

当爸爸还是个小学生的时候,另一所学校邀请他的学校去表演。这是一次回访。之前,那所学校的学生们在小爸爸学校的派对上进行了表演,他们唱歌、跳舞、朗诵诗歌,还跳了健美操。他们甚至还表演了普希金的《鲍里斯·戈东诺夫》中的一个场景。诚然,扮演格里高利的男孩跳窗户时被卡在了窗台上,弄倒了整个布景,但任何人都可能遇到这样的事。总的来说,演出精彩极了。现在,轮到小爸爸的学校为他们表演了。他们想让对方大吃一惊,却不知道怎么才能做到。于是他们聚在一起讨论。

"我们会唱歌,可他们也会。我们会跳舞,但他们也会,甚至跳得比我们还好。但是我们的体操运动员几乎和他们的一样好。就算我们的金字塔倒了,他们的布景也倒了。我们会朗诵诗歌,但他们也会。有什么事是他们不会,而我们会的?"

他们都苦苦思索起来。

"我们有米沙。"终于有人说。

"没错!他会学狗叫!"

"他会学公鸡叫!"

"他会学猫叫!"

"他可以倒立走路!"

"大家不要一起喊!"老师说。

等乱糟糟的声音安静下来,米沙说:"那又怎样?所有人都能做到。我要是能写诗,那就了不起了。"他看着小爸爸。

其他人也都看着小爸爸。

"你说得太对了!"老师道,"我们有自己的班级诗人。"

"他们没有!"

小爸爸表示自己以前从来没有上过舞台,而且是在一个陌生的学校里,更不用说他还要朗诵自己的诗了。

"这没什么可担心的!"有人喊道。

"那又怎样?"另一个人喊道。

"一切都会好起来的。"老师说,"别忘了你不是普希金。"

她以前对他说过这句话,他没有忘记。

那可怕的一天终于来临了。怯场的小爸爸,和表演体操、舞蹈和唱歌的学生一起,出发去了那所陌生的学校。

他站在陌生舞台一侧,望着外面陌生的礼堂。

里面坐满了他从未见过的男孩和女孩，前排坐着一位陌生的校长和几位陌生的老师，他们都盯着舞台看。现在你可能已经猜到礼堂里坐满了非常普通的男孩、女孩和老师。他们看着舞台，笑着鼓掌，就像小爸爸学校里的每个人一样。但是小爸爸在那所陌生的学校里怯场严重，一切对他来说都可怕至极。

"这所学校也没什么了不起。"米沙在他耳边低语，"就跟我们的学校一样，甚至还不如我们呢。"但他这么说一点用也没有。

女孩们给小爸爸糖果吃，也没有用。

老师说："你把自己的诗背熟了吧？"

"是的。" 小爸爸尖声说。

可这同样是徒劳。

终于，可怕的时刻到来了。

"现在有请我们的校园诗人朗诵自创诗歌。"他听到主持人说。

观众都鼓起掌来。米沙推了小爸爸一把，小爸爸拖着像灌了铅的双脚，跌跌撞撞地走了出去。他长这么大还从未这么害怕过。

礼堂似乎在不停地旋转。

他的嘴巴发干,像是吃了一嘴的土。他的耳朵里不断响着嗡嗡声,听起来像是海浪在不停地拍打。

小爸爸看不清观众的脸。他只能看到一个巨大的彩色光斑在来回旋转,而且,这个光斑还在鼓掌。接着,一切都变得非常安静。每个人都在等他朗诵,可小爸爸只是站在那里。后来米沙说,刚开始,小爸爸的脸色像纸一样白,然后突然变青,接着变绿,最后,他的脸上满是红点。"你们真该看看他!"米沙对没有参加学校聚会的男孩们说,"他就跟烟花似的!我敢打赌那所学校里没人能做到!"观众中有人咯咯地笑起来,小爸爸终于开始朗诵他为自己的学校写的赞美诗。每个人都聚精会神地听着,但当他朗诵到叠句时,听众变得坐立不安。叠句是这样的:

即便你比罗宾汉更勇敢,

把所有的山谷和树林踏遍,

也找不出谁能对决,

第三小学!

演出是在第九小学举行的,那里的孩子们不同意小爸爸的话。他们感到学校的荣誉受到了威胁,他们开始跺脚,发出嗡嗡声。小爸爸太害怕了,根本不明白发生了什么。他举起手说:"请不要在我朗诵到一半的时候打断我。等我朗诵完这一节,你们想怎么闹就怎么闹吧。"

秩序恢复了。小爸爸没有意识到此话一出,他的命运就注定了,毕竟九小的学生可不是傻瓜。朗诵继续,只是现在已经成了一场游戏。小爸爸朗诵了一节,大家都安静下来。就在他朗诵到叠句时,场面顿时变得一片混乱。学生们发出嘘声,吹口哨,还猛跺脚。最后,乱糟糟的声音平息下来。小爸爸磕磕巴巴地朗诵下一节,这时候礼堂又乱了起来。他的诗有许多节,小爸爸固执地从头朗诵到尾。等他朗诵到了最后一行，每个人都笑得肚子疼，观众在笑，站在舞台一侧的学生们也在笑。这里面有他从未见过的孩子们，也有他自己的同学。米沙在地板上打滚，小爸爸的老师也笑了，他永远也忘不了这丢人的时刻。

许多年之后，小爸爸长大了。但直到今天，只要有陌生的中年人突然冲到他面前大喊一声**"即便你比罗宾汉更勇敢"**，再学一声猫叫，爸爸就知道这个人小时候在第九小学上学，还记得小爸爸的诗。爸爸也从未忘记自己不是普希金。

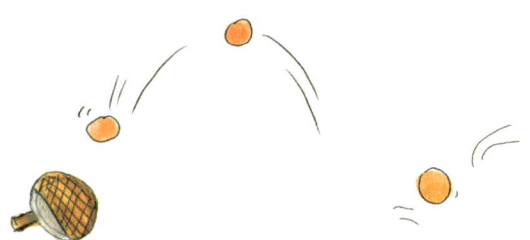

27 · 乒乓记

当爸爸还是个小学生的时候，一种新运动出现了，这种运动就是乒乓球。现在很多孩子打乒乓球，在那个年代更是盛极一时。从早到晚，在每一所学校的操场，在球桌、长凳、大钢琴和地板上，人们都在打乒乓球。有些人甚至夜里

也在打,许多孩子都忘记了除乒乓球之外还有其他东西存在。小爸爸的学校里每天都有乒乓球比赛。每个班互相比赛,决出校冠军。学校之间还会比赛,胜者成为区冠军。此外还有市级锦标赛,莫斯科和圣彼得堡两个城市也会比赛。

小爸爸觉得很不可思议,他不明白,用小球拍来回弹一个小球为什么这么有趣。

"你为什么不试试呢?"他的一个朋友说。

"一点也不好玩。"

"当然好玩。"

"不,不好玩!"

"就试一次。"

"我不想。"

这样的谈话重复了好几次。很自然地,在一个晴朗的日子里,小爸爸拿起乒乓球拍,来到球桌的一边。

从此,他开始沉迷了。

我说那是"一个晴朗的日子",但小爸爸的父母却认为这是他们一生中最黑暗的一天。这一切都是因为小爸爸迷上了乒乓球。一开始,他打不到球。当他终于学会了击球,球在球台上却弹不起来。最后,当小爸爸成功地击中球,球也弹过球桌时,他对这项运动产生了真正的兴趣。他发现有不同的击球方法:可以削球,或者让球旋转,飞到桌角处。乒乓球高手能让球在对手那一边最难够到的地方弹起来。爸爸现在仍然认为乒乓球是一项很棒的运动。但当时小爸爸觉得这是世界上最迷人的运动,他连书都顾不上看了,作业也不做了,他去上学的唯一原因就是做他最喜欢的运动。他的乒乓球打得越来越好,分数却越来越差。

老师把他拉到一边,和他谈了好几次。她解释说,凡事都有个限度。她甚至提醒他有句谚语说得好:"事情要一件一件地做。"

小爸爸没有争辩,因为争辩也没用。他怎么能让她明白,乒乓球是他一生的事业,而其他一切都是玩耍?他打得很好,许多朋友都成了他的手下败将。他打败学校第三名选手那天,老师说:"我想和你的父母谈谈,不能再这样继续下去了。"

她给爷爷和奶奶写了一封信,但他们一直没有收到,因为小爸爸把信从邮箱里拿出来,读了之后就撕了。内容太可怕,他动手把信撕成了碎片。

老师又给他的父母寄了一封信,这次的内容比第一次更糟。

于是小爸爸把这封信也撕了,而且撕得更碎。

我很不好意思这么说,但事实就是这样。

爷爷和奶奶始终没来见她,小爸爸的老师很惊讶。就在她准备给他们写第三封信的时候,小爸爸打败了学校的乒乓球冠军。在那之后,他觉得再去上学也没用了,所以他便不再上学了。每天早上他都假装去上学,但他的书包里既没有笔记本也没有课本,取而代之的是两个乒乓球拍,一张网和三个球,还有一个三明治,那是小爸爸的午餐。他整天打乒乓球。小爸爸交上了很多新朋友,他们都很喜欢乒乓球。他一眼就能认出每一个莫斯科冠军。著名的法尔科维奇兄弟没有瞧不起他,他加入了少年队。第一场真正的比赛,他就输了。他……

这时,因为没有收到回信,又在课堂上没看到小爸爸,老师便去家里看望他。小爸爸不在家,不过爷爷奶奶在家。他们发现儿子一直在逃学,且整天把一个小白球扔来扔去时,都感觉如遭雷劈。他们认为小爸爸是失心疯了,毕竟,他们从未打过乒乓球。他们把他的球拍和球都藏了起来,还带小爸爸去看医生。

这位教授不是普通的医生,他一生都在治疗疯子。然而,他从来没有打过乒乓球,他根本不明白为什么小爸爸会为了一种叫乒乓球的运动而逃学。小爸爸也不明白为什么教授会问他很多愚蠢的问题。

"学校里有男生欺负你吗?"

"睡得好吗?" "早上头疼吗?"

"晚上头疼吗?" "怕**黑**吗?"

"**抽风**过吗?"

"**昏迷**过吗?"

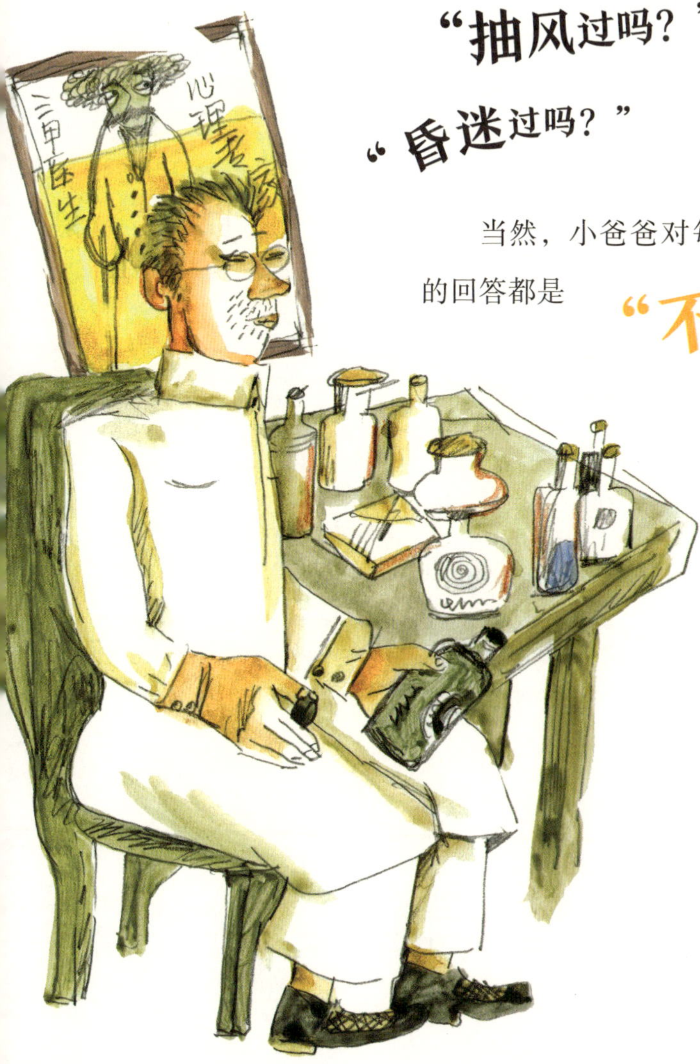

当然,小爸爸对每个问题的回答都是 "**不**"。

教授接着问:

"喜欢学校吗?"
"喜欢老师吗?"
"在学校有朋友吗?"
"是男生?"
"还是女生?"

现在,对每个问题,小爸爸都给出了**"是"**的答案。

"你有没有很喜欢的女孩?"教授问。

这话惹得小爸爸很生气。

"你为什么老问我这些问题?我逃学是为了打乒乓球,你的问题跟这事一点关系也没有。"

"好吧。"教授说,"你现在打算怎么做?"

"打乒乓球。" 小爸爸回答。

"你知道这会导致什么样的结局吗?你想过未来吗?"

"当然。"小爸爸说,"我们的球队很可能赢得莫斯科锦标赛。"

"我是认真的！"教授厉声说。

"我也是。"小爸爸道。

教授耸耸肩。他把几滴液体滴在一杯水中，并对小爸爸说："给你，喝下去。"

"我不想喝，"小爸爸说，"我没病。"

"可我有病，"教授说着自己喝了药，又低声说，"如果我说服你父母让你打整个赛季，你能保证九月份回学校吗？"

"能。"小爸爸说。

教授叫来了爷爷和奶奶。他说："这孩子完全正常，让他打乒乓球吧。反正这学期的大部分时间他都错过了。"他又吃了一些药。

于是小爸爸和父母回家了。

小爸爸的队伍没有赢得比赛，但获得了第二名。小爸爸仍然坚持认为这一年没有白费，他已经明白乒乓球并不是世界上最重要的事，他甚至开始想念学校了。第二年九月，他回了学校，最终顺利毕业。

许多年过去了，他的旧球拍还在碗橱顶上。爷爷和奶奶看到它，依然浑身发抖，但是爸爸看它的眼神充满了感情。为了打乒乓球就辍学，自然是愚蠢的行为。听到这个故事，每个人都会笑，爸爸也是。然而，乒乓球是一项非常好的运动，总有一天我会把这个故事写下来。

爸爸看到自己的女儿对乒乓球感兴趣，不由得担心起来。但看到她并没有因此辍学，他大大地松了一口气，不过她确实当上了校冠军。

爸爸终于明白了爷爷奶奶的感受，他把旧球拍藏在了橱柜的角落里。但他有时会把球拍拿出来，回忆曾经打乒乓球的时光。

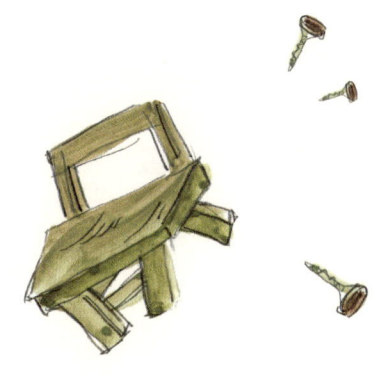

·28· 脚凳记

当爸爸还是个小学生的时候,他亲手做了一个脚凳。那是一个他永远不会忘记的脚凳,这世上再也找不到第二个这样的脚凳了,连工艺课老师伊万都肯定没有。

在学校的工艺课教室里,伊万老师教男孩子们锤、锯、刨、粘。他教他们把做得不好的东西拆了重做,一遍又一遍,直到做好为止。

伊万老师是个小老头,戴着一副钢框眼镜。他最喜欢说的一句话是：

"好的开端是成功的一半。"

有时他会补充一句："懒汉怕工作。"

他的第一节课是这样的。

"这是什么？"他问。

"锤子！"

学生们齐声喊道。

"对了。这个呢？"

"钉子！"

"对了！这是什么？"

"木板！"

"很好。现在要拿锤子抡一下，就把钉子钉进木板里。有人想来试试吗？"

"我来!" "我能做到!" "让我来吧!"

很多人跃跃欲试,但即使是最强壮的男孩也不能一下子把钉子钉进去。伊万老师又拿起一颗钉子,把它放在木板上,敲了一下。他甚至都没怎么用力,钉子就直直地扎进了木板,直接到顶。学生们都倒吸了一口气。

"你们需要一双**敏锐**的眼睛和一只**稳健**的手。"

伊万老师说,"明白了吗?你们以为我以前也可以一次就砸中吗?不是的。有时我会砸伤手指,双手还会被绑起来。那是过去的事了,我的师傅用这种方式告诉我他能砸中钉子,而我不能。我们就是这样受教的。"

大家都为了小伊万老师难过,但他笑着说:"别担心。我不会绑任何人的。在这里,你们也能做主。所有这些工具都是给你们准备的。首先,我们来学习怎么制作脚凳。"

脚凳！还有比这更简单的吗？但你可以试着做一个，还要做得符合尺寸。啊，这需要多少锯、刨、粘的工序啊！多少次你不得不把做好的东西拆开，重新开始！啊，这需要多少工作、多少精力、多少技巧和耐心啊！

米沙是第一个完成脚凳的人。"请坐。"他神气十足地说。

"你自己坐吧。"伊万老师回答。

米沙坐下，满脸都是自豪的神情，但他也小心翼翼的。脚凳嘎吱一声散架了，米沙跌坐在地上，大家都笑了。

"你做得快倒是快，可惜质量不高。"伊万老师说，"现在从头再来一遍吧，不要这么匆忙，否则你又要把大家逗笑了。"

没人第一次就能做好脚凳。

每个人都得拆了重做。

"别担心，"伊万老师说，"莫斯科不是一天建成的。你们可能认为使用锤和锯很容易。确实容易，但前提是你必须付出很多汗水才能做好。"

  男孩们尽了最大的努力,使得上工艺课就像上普通的课:每个人都想第一个把问题解决了,真的很有趣。然而,在工艺课上,你做出的脚凳,要可以坐在上面,还要经得住任何人坐。

  一个叫瓦里亚的女孩第一个做出了结实的脚凳。没错,她的父亲是个木匠,曾教过她如何使用刨子和锯子。

  "做得很棒!你把男孩子们都比下去了。"伊万老师说。

  男孩们都觉得很丢脸。

  后来米沙做好了脚凳,其他的男孩这才感觉好多了。

  在那之后,每个人都开始交上自己完成的作业。

  "倒是也有点脚凳的样子。"伊万老师说。

  小爸爸是最后完成脚凳的。他的双手上布满了划痕和瘀伤,脸上和衣服上都粘着胶水,但没关系,他终于完成了一生中第一个脚凳。他从来没有在除了生日的哪一天这么高兴过!

  伊万老师肯定猜到了。"来吧,坐上去。"

这句话仿佛有魔力一般。

小爸爸轻手轻脚地坐了下来,脚凳甚至没有发出吱吱声。突然间,伊万老师仔细观察了一下。

"数一数有几条腿。"他说。

小爸爸非常惊讶,连忙低头看着自己的脚。像往常一样,他有两只脚。但是孩子们咯咯地笑起来,伊万老师也笑了。

直到今天,爸爸都不明白自己是怎么做出一个五脚凳的,但它就在那里。我们至今还留着它,它仍然有五条腿。是五条,不是四条。他仿佛还能听到伊万老师说:"五条腿不比三条腿好。重做。"他认为,不管做什么工作,都应该记住这个教训。

第三章
更多精彩故事

·29· 最佳记

当爸爸还是个小学生的时候,他从来没有在班上名列前茅。原因是他生了病,在一年级的头几天没去上学。这样一来,他就必须追赶班上的其他同学。当他终于做到了,他又生病了。这一次,他得了麻疹,好多天都没去上学。为了不落后,他整个夏天都得在家学习。二年级开学时,他得了百日咳,后来还得了腮腺炎,此外还有别的病。似乎这还不够,他们全家搬到了莫斯科,他在那里开始上三年级。

由于某种奇怪的原因，小爸爸整个三年级都没得过什么病。他开始写诗。当然，他的诗不是很好，但在小爸爸的学校里，从没有人写过诗，甚至是蹩脚的诗也没人写过。此外，老师还夸奖他的阅读能力强，尽管他大声朗读时经常把词连在一起读。她也称赞了他的作文，尽管他的字写得很差劲。他的算术笔记本边缘写满了老师的感叹，比如"字迹太潦草了！""尽量写清楚！""太乱了！"不过不管怎样，他把所有的数学题都做出来了。因此，老师虽然经常表扬他，批评他的次数却更多。

春季学期结束时开了一次家长会。会后，老师过来对小爸爸的父母说：

"会后可以留一会儿吗？我想和你们谈谈。"

其他家长都走后，她说：

"你们的儿子是我最好的学生， 但他有很多缺点。他的字写得很差，家庭作业很潦草，我这辈子可能都不会再见到这么乱的笔记本了。请不要告诉他我说他是我最好的学生，否则他会变得过于自信，不愿意努力改进了。希望你们明白，我这么说是为了他好。"

小爸爸的父母同意了。他们回到家，只是说他应该努力把字写好，不要把笔记本写得乱七八糟。但是小爸爸每天都从老师那里听到同样的话，早已记住了。

"她还说我什么了？"他问。

"她说你升到四年级了。"奶奶说，"我们很高兴，希望你明年更加努力。"

小爸爸做梦也想不到老师会认为他是她最好的学生。毕竟，最好的学生的笔记本和课本总是干净整洁的，最好的学生所写的字迹都很工整，最好的学生必须比班上其他人先知道老师可能问的任何问题的答案，最好的学生一整年笔记本上都不会有超过一个墨渍，而即便有，也只是因为别人在他写字时碰到了他的手。最好的学生确实是最好的。如果连最好的学生都不知道问题的答案，那就没人知道了。当然，小爸爸觉得自己永远不可能成为班上最好的学生。

夏天过去了，又到了秋天。小爸爸上了四年级，班上来了一些新同学，其中一个叫亚历克。他身材健壮，是个开心果。他有一头浓密的棕色头发。事实上，他的很多发丝不停地滑入眼睛，他只能不停地甩头，把头发从眼前甩开。课间休息时，他和其他男孩一起跑来跑去，他做恶作剧，甚至还会打架。但在课堂上，他确实是最好的学生。他最擅长算术，每当老师向全班提问，他总是第一个举起手。他阅读能力很不错，写得一手好字，他的笔记本是那么整洁，看一眼就会起一身鸡皮疙瘩。

亚历克

是一位好

朋友。

很明显，他是班上最好的学生，老师在下次家长会上也是这么说的。小爸爸的父母心里很不是滋味，回家时看起来并不开心。

"为什么你去年是最好的学生，今年却不是了？"他们一打开门，爷爷就对小爸爸说。

也是在这个时候，小爸爸才发现自己曾是班上最好的学生。起初，他不敢相信。然后他非常生气，因为他很伤心。

"你们去年为什么不告诉我？"

"免得你翘尾巴。"爷爷回答，"免得你自高自大，你的老师说不要告诉你。"

"如果我早知道我是最好的学生，我会非常努力的。"

小爸爸说，"我知道亚历克是我们班最好的学生，但我也会努力做第二名，第三名，或者我会更加努力做一个好学生，但是你们骗了我。现在我永远也不会是班上最好的学生了！也做不到第二、第三了。我这么说，可不是在骗你们。"

小爸爸说的是实话。他从中小学毕业,后来从大学毕业,他从来没有在班上名列前茅。他也没做过第二名或第三名,但再也没有人骗他了。人们总是当面告诉他,他只要再努力一点,就能做得更好。

他的老师可能是对的,但爸爸仍然为整件事感到难过。

30· 募捐记

当爸爸还是个小学生的时候,他和同学们为学校的募捐活动收集废纸和废铁。他们都知道,废纸和破布可以做成新的笔记本和有趣的书。知道自己为新书尽了一份力,那感觉棒极了。尽管只是促成了新书的一部分,尽管书没那么有趣,尽管新笔记本的纸是方格纸,那表示这些笔记本是算术本,而小爸爸很讨厌算术这个科目。

还有捡废铁活动。

很难相信布满凹痕的旧水壶或漏水的茶壶可以被制成新火车,真正的拖拉机,甚至是真正能飞的飞机。

这么大的工程,就算是用新茶壶,也是值得的。无论如何,只要所收集的东西能做成飞机,小爸爸和朋友们做起来就非常开心。每天放学后,他们都会在附近搜寻废铁。他们去每家每户按门铃,没有错过一幢房子或一套公寓。这段时间过得很开心,他们一起走来走去,遇见了很多不同的人,有时人们会为废铁募捐活动捐给他们一些非常奇怪的物件。他们得到了旧的黄铜烛台、损坏了的机械玩具、金属门把手、生锈的电线、一个鸟笼、旧熨斗和金属托盘。

有一天,发生了这样的事。

他们走到哪儿,小爸爸的弟弟小维克叔叔就跟到哪儿。他比其他男孩小得多,一直走在最后。来到一户人家,小爸爸和朋友们敲了门,见无人回应,正要走下楼梯,突然,一位中年妇女开了门。

"小朋友!"她对远远落在其他人后面的小维

克叔叔说,"你是来收废铁的吗?"

"废铁、废铜、废钢、废青铜。各种各样的旧东西都可以。"他说。

"我明白了,"女士说,"把那些孩子叫回来,我要给你们一个大物件。那东西碰巧是新的,但没关系。"

小维克叔叔、小爸爸和所有其他男孩跟着她进了公寓。所有人都吃惊地看着那位女士指着一张全新的大铁床,说:

"纯金属的。拿走吧!"

男孩们交换了一下眼色,小爸爸说:

"我们只收废铁,但这是一张很大的床。"

"没关系,"女士说,"你们可以把床搬到外面,再把它拆散。"

男孩们又看看彼此,便合力把床推到楼梯平台上。他们有八个人,但把床搬下楼梯,还是费了九牛二虎之力。

"嘿,我打赌我们会是这个地区的第一名,"沃洛佳说,

他们终于把床拖到了院子里,这才停下来喘了口气。

"我敢打赌,有了这样一张床,我们肯定是全城第一。"舒拉说,"可怎么才能把它一路拖到学校操场里去呢?"

那位女士跟着他们下了楼。当他们终于把床移出前门时,她露出了灿烂的笑容,对像往常一样最后一个出来的小维克叔叔说:"非常感谢你。"过了一会儿,她又说:"这是我女婿的床。真希望他死翘翘!"

小维克叔叔不明白她的意思,但他没有把这事告诉其他男孩。

最后,他们终于气喘吁吁地把床拖到了学校操场角落里的废铁堆旁。

就在第二天,一个背着麻袋的男人出现在了学校门口,说:

"把我的床还给我!

我岳母把它捐给了你们学校的募捐活动,但我现在该睡在哪儿?地上?再说了,这是一张新床。"

每个人都笑了。除了那八个把床一路拖到学校操场的男孩。

"怎么了,伙计们?"舒拉说,"我想我们只好让他把床带走了。毕竟,我们举办的是废铁募捐活动,不应该收集新床。"

"那我们为什么要大老远把它拖到这儿来呢?"沃洛佳嘟囔着说。

"对不起,孩子们,"背着麻袋的男人说,"但我给你们带来了一些东西作交换,这样你们就不会那么难过了。"他从麻袋里拿出一个新茶壶、一个新金属托盘和一个崭新的熨斗。

小爸爸看着它们说:"这些东西是你的,还是你岳母的?"

众人听了这话,**全都哈哈大笑起来。**

"我们不收新东西。"舒拉对男人说。

于是他把它们都放回麻袋里,开始把床往后推。

过了一会儿,沃洛佳喃喃地说:"我们应该把他捐给废铁募捐活动。"

"把他和他的岳母都捐了。"舒拉补充道。

"希望她死翘翘!"小维克叔叔说,声音很低,但还是把大家都逗笑了。

小爸爸、小维克叔叔和其他男孩都忘不了那张床。此后很长一段时间,每当他们要搬运重物时,就会说:

"这是我女婿的床。真希望他死翘翘!"

他们班在当地没有得第一名,但即便没有那张床,他们也得到了第三名。

31 住院记

当爸爸还是个小学生的时候,有一天他病了。

事情是这样的:一天早上,小爸爸很早就醒了。到了时间,他该洗漱、穿衣、吃早餐,然后去上学。可小爸爸不想洗漱,不想穿衣服,也不想去上学,他连早饭都不想吃,他感觉糟透了。他喉咙痛,脑袋也痛。他一会儿觉得全身发热,一会儿又觉得浑身发冷,小爸爸病了。

"该起床了!"奶奶喊道。

"你上学又要迟到了!"爷爷说。

"我喉咙痛。"小爸爸说。

"喉咙痛?"

"头也痛。
　　我热,也很冷。"

"我明白了,"爷爷说,"你们今天有什么课?"

"文学。"小爸爸说。

"还有什么?"

"还有算术、德语和绘画。"

"那就清楚了,"爷爷说,"一想到算术你就头疼。德语会让你喉咙痛,画画会让你一会儿脸发烫,一会儿身体发冷。

别胡闹了!马上起来!"

小爸爸感到很受伤。没错,每次有算术课或德语课,他都恨不得大病一场,有时他甚至撒谎称头痛。在有美术课的日子里,小爸爸经常感到忽冷忽热。这一切都是事实。

但他现在不用装了,这一次他知道自己真的病了。然而,父母把他赶去上学了,他们甚至都不愿意在他出门前给他量一下体温。

"今天下午你回家后,妈妈会给你量体温。"爷爷说。

"你的体温肯定是有史以来最正常的。"奶奶补充说。

他们的话让小爸爸**更伤心**了,他甚至不想回答这些问题。他下了床,洗漱,穿好衣服,喝了些茶。然后,他把书和本放进书包,出发去上学,尽管他知道自己真的病得很重。

到了学校后,他感觉更糟了。文学老师叫他背诵一首诗,他张口背诵,声音听起来很喘。老师说:"你怎么啦?"

"我喉咙痛。"小爸爸道。

老师仔细地看着他说:"你像是生病了,你最好直接回家。"

于是,小爸爸把书放回书包里,迈着沉重的步子回家了。

奶奶终于还是给他量了体温。他烧得很高,她立刻打电话请了医生。这位医生一直是小爸爸的医生,很了解他,他父母小时候也是找他看病的。医生是一个快乐的小老头,长得很像为人们送来新年祝福的"冰霜爷爷"。他仔细检查了小爸爸的喉咙,咯咯笑了。

"我已经很久没有遇到过这么完美的猩红热病例了。"他说,听起来很高兴。

小爸爸听到医生说**"猩红热"**,就知道自己活不长了。"我会死吗?"他问医生。

听了这话,老大夫大笑起来。"啊,是的,你当然会死。"他说,"不过那是一百年以后的事了。"

他笑得喘不过气来，笑完了又开始不停地咳嗽。医生一点也不傻。他只是觉得医生不光应该治愈病人的疾病，还要尽力使他们振作起来，所以他才这么喜欢笑。

于是他咯咯笑着打电话叫救护车把小爸爸送去医院。小爸爸被身穿白色工作服的护理员用担架抬下楼，他觉得自己真的快不行了。

不久后，他就躺在了病房的病床上。这是他有生以来第一次不在家过夜，他还生病了，住在医院里，病房另一边有个小男孩在黑暗中哭泣。

小爸爸很为自己感到难过，但他最终还是睡着了。等他一觉醒来，天已经大亮了。那个在夜里哭过的小男孩正和另一个男孩说话，说着说着两个人都笑了。还有两个男孩在玩国际跳棋，一个大男孩躺在小爸爸旁边的床上看书。

他看到小爸爸睁开了眼睛，便放下书，说："你应该说什么？"

"谢谢你。"小爸爸

立即说。

"不,你应该说,'早上好'。"

"早上好。"小爸爸说。

"早上好。要不要下跳棋?"

"我下得不好。"

"我想也是,"大男孩说着眨了眨眼,

"振作起来,伙计。
在医院也没那么糟。
不用上学,也不用做作业。对吧?"

"是的。"小爸爸说,突然感觉好多了。

早餐来了,小爸爸知道了其他男孩的名字,然后他又睡着了。他不再感到焦虑,因为他看到这里没有人觉得自己得了猩红热就会死。

医生进来时,小爸爸醒了。他先给病房里最小的男孩做了检查,说:"你很快就可以回家找妈妈了。"他又检查了小爸爸旁边床上的大男孩,说了句"你很快就可以回家找女朋友了",逗得其他男孩子哈哈大笑,大男孩也笑了。他一定觉得和一群小孩住同一个病房很有趣。

"你的喉咙怎么样了？" 医生问小爸爸。

"很疼。" 小爸爸回答。

"你很快就会好起来的。"医生说。

虽然他没有胡子,也不像他们的老家庭医生那样嘴角常挂着笑,但小爸爸知道他说的是事实。

他又睡着了。睡着后,喉咙就不那么痛了。很快,即便醒着,他也觉得没那么痛了。他和病房里的其他男孩成了朋友,他们每天都玩多米诺骨牌、国际象棋和国际跳棋。那里的书架上也有很多好书。大男孩很会讲故事,虽然只有他有女朋友,其他男孩都没有,但他也只是个普通的男孩。

小爸爸康复后甚至不舍得出院,他在医院里找到了新朋友,这让他觉得住院其实并没有那么糟糕。他没有任何家庭作业要做,玩得很开心。只要能找到乐趣,即使生病,也能甘之如饴。

现在小爸爸知道医院是什么样的了,虽然医院不是最好的地方,但从那以后他再也不害怕医院了。

32· 恐高记

当爸爸还是个小学生的时候,有一天他爬上了一堵墙。他所有的同学也都爬了。

这一点也不奇怪,他们都应该爬到墙上。那些自己做不到的学生,老师还会轻轻地帮他们一把。现在你可能已经猜到了,他们是在上体育课,他们都应该爬的是肋木。学生们必须爬到最上面的栏杆再下来。

爬肋木的方式有很多种,每个学生都有自己的

特色。有些爬上去，又爬下来；有些人爬上去很快，爬下来却很慢；有些人爬上去很慢，但下来得很快；还有一些人根本爬不上去。

小爸爸班上的男生和女生全都爬上肋木，一直爬到顶部，但并不是每个人都能下来。

小爸爸一直恐高。

只要他一直往上爬，不往下看，就很顺利。但当他终于到达顶栏，向下一看，顿时觉得头晕目眩。

手一松，他差点跌下去。

于是他连忙闭上眼，死死抓住顶栏，还用膝盖夹住。很快，其他学生们都下去了，他们在下面站成一排。小爸爸还拼命地抓着顶栏不放，体育老师看到他还在上面，不由得大吃一惊。

"别再胡闹了！"他喊道，"快下来。"

"不行。" 小爸爸的嗓音都嘶哑了。

众人听了都大笑起来，他们都认为他是在恶作剧。但事实并非如此，那是他当时最不可能做的事了。体育老师生气了。

"你现在不下来，一定会后悔的！"

"我已经后悔了。"小爸爸又用沙哑的声音说。

大家又笑了。

"告诉你，你今天的体育成绩是 D ！"

"我不想得 D。"小爸爸说。

"那就马上下来！"

"我不行。"

"那你就得 D，离开这里！听见了吗？"

"听见了。"

"马上离开体育馆！"

"我做不到。"

"你想被开除吗？"

"不想。"

小爸爸觉得这很像小孩子玩的游戏，不管别人问你什么问题，你都要回答"不"或"我不行"，还要忍住不笑，笑了就会出局。所以，虽然小爸爸被困在这么高的地方，紧挨着天花板，怕得要死，他还是笑了。

"我看你倒是玩得很高兴。"老师说，"你是在笑吗？"

"是的。"小爸爸用近乎耳语的声音说。他很想再解释一下，他虽然在笑，但他被吓破了胆，一动也不敢动。事实上，他害怕得连眼睛都不敢睁开，更不用说爬下去了。他之所以笑，只是因为他觉得自己和体育老师的对话听起来像是在玩儿童游戏，而这，确实有趣。

难道不是吗？

小爸爸有个习惯，他一遇到有趣的事就笑，要是他当时知道自己会因此惹上多大的麻烦就好了。

比如现在,他一说自己确实笑了,下面的学生们就哄笑起来。体育老师努力维持秩序,他大喊:

"大家安静!不能再这样了!"

这位体育老师非常年轻,似乎总在对学生们大喊大叫。现在他又在大喊,而大家都在笑。结果太吵了,没人听见下课铃响了。

校长正好路过,打开门往里一看,只见小爸爸紧紧地抓着顶栏,眼睛紧紧地闭着。班上的其他学生又笑又叫,体育老师则满脸通红,不停大喊:

"我要把你父母叫到学校来!我要把你们都开除!你们每一个人!"

"发生了什么事？"校长走到体育老师面前说。

突然间，一切都变得非常安静。体育老师停止了叫喊，孩子们不再笑了。而小爸爸听到了校长温柔的嗓音，便睁开眼睛，慢慢地爬下肋木，神情有些恍惚。

"我想私下和你谈谈。"

校长对体育老师说，然后他们离开了体育馆。

没有人把小爸爸叫到校长办公室，没有人把他的父母叫到学校，也没有人被开除。下次课间休息时，校长在走廊里看到小爸爸，朝他摇了摇手指，皱了皱眉头，但他突然笑了，很快就走开了。

从那以后，体育老师不再注意小爸爸了，但孩子们都注意到他也不再对他们大喊大叫了。从那以后，小爸爸就不再害怕爬肋木了。尽管如此，每次老师让他们去爬肋木，同学们似乎都在等着他再次被困在上面，吓得浑身僵硬，眼睛紧闭。体育老师似乎也预料到了这一点，轮到小爸爸爬时，他总是把目光移开。

许多年过去了，他的老同学们仍然确信那天他是在和他们开玩笑，他一点也不害怕。爸爸再也不怕高了，有几次出门旅行，他还坐了飞机，但他还是更喜欢坐火车。

他仍然讨厌别人对他大喊大叫。

他的朋友们说，如果有人这样做，他看起来就像要爬墙一样。

33 · 分糕记

当爸爸还是个小学生的时候,他在少先队营里度过了一个夏天。他的弟弟小维克叔叔也跟着去了。

小爸爸喜欢组里的男孩,他们在营地有很多事做。他们去给附近集体农庄的农民帮忙,彻夜骑脚踏车,在树林里扎营,围坐在篝火旁讲鬼故事,邀请附近营地的孩子们来比赛田径、游泳、乒乓球和排球,他们还出了墙报,表演了才艺,无论什么都一起做。

但休息时间里再也没人休息了。谁也不肯在午饭后睡午觉,这样的话,就可能错过什么精彩的活动。那些活动做起来很有趣,强过把时间浪费在睡觉上。

一大早就起来,看着营地号手鲍里斯起床看看表,向其他起床的人摆摆手,然后跑到外面吹奏起床号,有趣极了。他把号角吹得震天响,大家都一骨碌从床上起来,除了沃洛佳。他把被子盖在头上,还会钻到枕头下面,他应该叫瞌睡虫才对。但是小爸爸会把毯子从他身上扯下来,另一个人会拉开他的"顶床单"(人和毯子之间的一层床单),把枕头从他头上拿起来,而其他人站在旁边,准备挠他痒痒。鲍里斯就对着他的耳朵大喊一声,这样一来,沃洛佳总算从睡梦中清醒了过来。

发现有人起得比自己还晚,小爸爸倒是觉得很惊喜，因为他总是家里最后一个起床的。出于某种奇怪的原因，在营地里，他和其他男孩一起起床，总是感觉很好。他上床睡觉的时候，其他男孩也一起上床睡觉。他不再躲在被窝里看书到深夜，或许正因如此，他早上才不会睡懒觉。

有时，父母们会到营地来看看孩子们过得怎么样。即使营地的伙食不错，父母们也总是带来各种各样的美食。当然，没有一个孩子会对此表示反对。不算小爸爸和小维克叔叔，他们的宿舍里住着14个男孩。因此，当舒拉的父母给他带来一罐果酱时，他和他的15个朋友每人都得到了两勺。当沃洛佳的父母给他带来一条大熏鱼时，他把它切成了16小块。

巧克力棒、苹果派和果冻卷都被分成了16份。

小爸爸和小维克叔叔的父母也来看他们。他们知道两个儿子都喜欢糕点，便给他们各带了一块。所以听到小维克叔叔的话，他们才会这么吃惊："怎么才能把两块糕点分成16份？"

小爸爸回答说:"这很容易。**我们先把每块糕点切成两半,再切成两半,再切成两半。这样就有 16 块了。**"

"但你们到底为什么要这么做?"奶奶问。

"我们无论有什么都会分享。"

小爸爸解释说。

"熏鱼、果酱和馅饼,什么都一起分享。"

小维克叔叔插嘴说。

"好吧,"奶奶说,"下次给你们带 16 块糕点。好吧,也许带不了 16 块,但 8 块肯定没问题,这样每个男孩至少能分到半块。不过,现在你们把这两块吃了吧。"

"我们总是分享一切。" 小爸爸说。

"我宁愿把我的扔掉。" 小维克叔叔补充说。

"既然你们是这么想的,"爷爷说,"那我们吃吧。正好有两块,我们有两个人,也就是说一块给你们的妈妈,一块给我。"

父母只是在逗他们,他们从来没有吃过儿子的糕点,但小爸爸和小维克叔叔不知道他们只是在开玩笑。

"好吧,去吃你们的点心吧。"小爸爸说。

"去吃吧,我才不看。"小维克叔叔说着转身走开了。

"我们只是在开玩笑。"爷爷说,"这是你们的点心。你们愿意,大可以切成 100 块。"

"是16块,不是100块。"小爸爸喃喃地说。

"我们要把每一块切成8小块。"小维克叔叔说。

晚饭后,两块糕点被切成16块。每块都很小,但总共有16块,每个男孩一块。每个人都很高兴。

没有什么特别的事情发生,但不知什么原因,小爸爸记住了那一天。

小维克叔叔也一样。

因为这一切都是公平公正的。

34 外号记

当爸爸还是个小学生的时候,他班上的一些孩子经常取笑他。其他的男孩和女孩也被取笑,但不知怎的,他们即便被人取笑也不生气。但小爸爸很生气,所以取笑他才这么有趣。小爸爸戴眼镜,别人就管他叫"教授"。小爸爸写诗,别人就说他是"不自知的大诗人"。他是个腼腆的男孩,不打架,不骂人,也不戏弄女孩,别人说他是"甜心"。事实上,"甜心"这个外号是女孩们给他起的。她们这么叫他,并不是为了伤害他的感情。她们总是把这两个字说得很好听,当男孩们听到她们叫他"甜心",就会把小爸爸好好嘲笑一番。他们有时用猫叫声喊"甜心",有时用狗叫声喊"甜心",还有时用抑扬顿挫的语气喊"甜心",他们还把"甜心"写在黑板上。一天,新来的老师问小爸爸叫什么名字,同学们便喊道:

"甜心!"

这惹来了一阵哄堂大笑,连女生们也笑了。

老师也笑了,尽管他并不明白这个笑话是什么意思。

小爸爸一生中从未感到如此痛苦。

班上的很多学生都有外号。柯利亚的外号是瘦竹竿,因为他又高又瘦。托利亚叫胖墩或矮子,因为他又矮又胖。有些外号是根据孩子们的姓氏取的。

伊戈尔喜欢吹牛，此外，他有个坏习惯，喜欢从牙齿之间吐口水，所以他的外号是吐牛大王。

女孩们也有外号。一个叫哭娃，另一个叫兔宝宝，还有一个叫饼干。最高的女孩叫巨人，最矮的女孩叫小不点。格里莎长着一头红头发，别人叫她"小红"或是"火房子"。

只有小爸爸在每次有人叫他"教授""不自知的大诗人""甜心"时气得满脸通红。他特别讨厌别人叫他"甜心"。每当有人这样叫他，他都怒气冲冲地走开，不再和这么叫他的女生或男生说话。

不久之后发生了一件事。小爸爸的班主任玛丽亚老师喜欢称呼学生们的姓，当然她也知道他们的名字。如果她对学生的作业感到满意，她总是直呼他们的名字。例如，她会说，"很好，丽莎"或"柯利亚的作文很棒"。所有的孩子都希望玛丽亚老师直呼他们的名字。她是个很严厉的老师，但她很公平。不过有一件事让她无法忍受，那就是她的许多学生都有傻兮兮的外号。

一天，她对他们说："我知道

你们都有外号,但我认为仅仅因为一个人碰巧戴眼镜或者个子矮就取笑他是非常愚蠢的行为。

你们为什么不尊重一下自己,也尊重一下彼此呢?"

他们都答应不再取笑彼此。在一段时间内,他们的确兑现了自己的诺言。

但后来互叫外号的老习惯又回来了。

玛丽亚老师决定用自己的方式解决问题。她是这么做的,召开家长会的时候,她说:"现在我们来讨论一下有哪些学生进步了。胖墩算术很好,但他的拼写很糟糕。饼干的课堂作业做得不错,但她的家庭作业一般都写得很潦草。小红是我们班的小画家,但

需要提高一下阅读能力。哭娃和兔宝宝都需要补习算术。也许瘦竹竿可以在课后帮助她们。"

父母们惊诧地听着她的话。其中一个说:"我听不懂你在说什么。

瘦竹竿?　胖墩? 你说的是谁?"

"孩子们会向你们解释清楚的。"玛丽亚老师回答,"只要他们一直喊彼此的外号,我也会这样称呼他们。请吐牛大王的父母留下来好吗?我想私下跟你们谈谈。"

父母们回家后都很生气,每个孩子都挨了一顿痛骂,羞愧难当。玛丽亚老师的计划成功了,再也没有人喊那些愚蠢的外号了。

只有一个除外。

因为别人还是管小爸爸叫"甜心"。大家都自然而然这么喊,玛丽亚老师对此也无能为力。

过了一段时间,小爸爸终于习惯了别人叫他"甜心"。现在他长大了,老同学仍然这样叫他,他并不介意,尤其是当女士们这么叫他的时候。因为当初正是她们给他起了这个外号。

35. 真话记

当爸爸还是个小学生的时候,他根本不擅长撒谎。其他孩子都有办法撒谎而不被发现,但小爸爸每次撒谎,都能听到别人说:"你没说实话。"

小爸爸总是很惊讶,他说:"你怎么猜到的?"

对方就说:"你脸上都写着呢。"

听了几次这样的话后,小爸爸决定看看自己的脸到底有什么问题。他走到镜子前,说:"我是世界上**最强壮**的男孩!我是世界上**最聪明**的男孩!

我是狗！我是鳄鱼！我是火车头！"他说完停下，盯着镜子里的自己，他脸上一个字也没写。

他认为那是因为他撒的都是小谎，不算数。于是，他仍然盯着镜子里的自己，扯着嗓子大声说：

"我会游泳！我可以画任何我想画的东西！我的字写得好极了！"

但即使是这样彻头彻尾的谎言似乎也起不了任何作用。他又死死盯着镜子里的自己，他脸上没有字。最后，他只能去找父母商量。

"我一边照镜子，一边撒了很多谎，但我脸上什么也没写。那为什么我每次说谎，你们都说我的脸上写满了谎言？"

小爸爸的父母大笑起来。爷爷说："谁也看不到自己脸上有字，照镜子也是绝对看不到的，这就跟咬自己的胳膊肘一样。你试过吗？"

"没有。"小爸爸说，"但我现在就试。"他试了，但不管他怎么扭来扭去，嘴都无法靠近手肘。

他决定不再盯着镜子里的自己，也不再咬自己的胳膊肘了，他也不会再说谎了。他将从星期一开始讲真话。从星期一开始，只有真相会写在他的脸上。

在他反应过来之前，已经是星期一了。小爸爸刚在桌边坐下准备吃早餐，就有人问他：

"有没有记得洗耳朵？"

"没有。"他说出了实话。

事实上，喜欢洗耳朵的男孩还没有出生。首先，有两只耳朵要洗，而且，就算洗了，到了晚上耳朵还是会脏。大人们似乎不明白这一点，所以爷爷说："马上去洗耳朵。"

"好吧。"小爸爸叹了口气。他离开了桌子，但转眼间又回来了。

"洗耳朵了吗？"

"洗了。"

下一个问题似乎完全没有必要："洗了一只还是两只？"

"一只。"小爸爸说，说的是大实话。

于是他被打发去洗另一只耳朵，当他回到餐桌上时，有人问他："吃鱼肝油了吗？"

"吃了。"小爸爸说。这是实话。

"吃了一茶匙,还是一大汤匙?"

在这个值得纪念的星期一之前,每当有人问他这个问题时,小爸爸总是回答"一大汤匙",其实他每次只吃不到一茶匙。任何吃过鱼肝油的人都能理解。这是他对父母说过的唯一一个从未在他脸上流露出来的谎言,他们也一直相信他的话。实际上,他一直只是往汤匙里倒一点鱼肝油,所以既可以说是一大汤匙,也可以说不是。

但这个星期一,他说的是"一茶匙",因为他决定永远说实话。他说出真相的奖励是再吃一茶匙鱼肝油。

他们说有些孩子非常喜欢鱼肝油。你认识这样的孩子吗?不认识。

早饭后,小爸爸动身去学校。

那里的情况也好不到哪里去。

"今天谁忘了做作业?"老师问全班同学。

没有人说话。只有小爸爸。

"我。"他说。

"为什么会忘?"

他可以说自己头痛，或者家里着火了，火灭了之后又发生了地震，甚至还……事实上，他可以编造出许多谎言，但这些谎话往往都站不住脚。

但小爸爸已经决定不再说谎，他把真相告诉了老师。"我没有时间，我一直在看一本非常有趣的书。"

"的确，"老师说，"我想我得跟你父母谈谈。"

这当然没什么可期待的。

那天晚上，他母亲的一个朋友来做客。

"喜欢吃巧克力吗？" 她问小爸爸。

"是的，非常喜欢。"他如实地说。

"你喜欢我吗？" 女士用甜腻的声音说。

"不喜欢。"小爸爸说。

"为什么？"

"因为你脸上长了个**大疣子**。你说话声音那么大，听起来像**疯了**一样。"

长话短说，小爸爸没有得到那块巧克力。

晚上,奶奶对他说:"说谎确实是不好的行为。但不管适不适当,每次都说出真相,也不好。我朋友脸上长了个疣子并不是她的错。而且,如果她还没学会轻声说话,那现在学也来不及了。再说了,她来做客,还给你带了巧克力,你至少不该伤害她的感情。"

小爸爸听得糊里糊涂,不知道自己什么时候该说实话,什么时候最好什么都别说。

最后,小爸爸还是决定不再说谎了。

永 远 都 不。

他尽量说实话,即便不说实话,也会比以前表现得好得多。

直到今天,他的朋友们还说,只要他撒谎,就全写在脸上了。他对此也无能为力,对吧?

·36· 墙报记

当爸爸还是个少先队员的时候,他被选为班里墙报的总编辑。他能当选这个职位,可能是因为他戴眼镜,还会写诗。

毕竟,真正的总编辑常常都戴眼镜。小爸爸全票当选,他的四个同学被选为编委会成员,他们也是一致当选的。

在编辑委员会的第一次会议上,小爸爸站起来发言:"听着,各位,我是总编辑,但如果我生病了怎么办?如果我摔断了腿呢?被疯狗咬了呢?我的意思是我需要一个助手。我建议选舒拉来承担这项工作,都赞成吗?**很好,一致通过**,就是舒拉了。现在你是我的助手了。"

舒拉站起来说:"如果我生病了呢?被车撞死了呢?另外,我有一只猫,它可能会得狂犬病咬我。我的意思是,我也需要一个助理。就选沃洛佳吧,谁赞成选他?"

沃洛佳全票当选。没错,他也说了句"如果我被砖头砸到了呢?"但没人搭理他。

"各位,事情是这样的,"小爸爸说,"我生病了,就由舒拉接替我,因为他是我的第一助手。如果我们两个都生病了,沃洛佳就会接手,因为他是我的第二助手。舒拉病了,而我没病,那么沃洛佳就会成为我的第一助手。现在问题解决了。"

"并没有。"尤拉说,"谁来当秘书呢?"

"就你吧!"其他男孩喊道。

"为什么是我?为什么不是他?"他指着最后一位编委会成员萨沙说。

"因为萨沙要画画,"小爸爸说,"墙报的画都要由他来画。还有问题吗?"

"我有一个问题,"画家萨沙说,他的声音显得很担忧,"如果你们所有人突然都死了呢?那该怎么办?**这样就只剩下我一个人出墙报了,**你们想过吗?"

"住 口!"小爸爸说。

"别瞎扯了。"小爸爸的第一助手舒拉说。

"放轻松,萨沙,不会有这种事的。"小爸爸的第二助手沃洛佳说。

萨沙终于平静下来了。

"现在我们得给墙报起个名字。"小爸爸说,"就叫《红领巾墙报》怎么样?"

"其他班的墙报也是这么叫的。"舒拉道。

"那你有什么建议?"小爸爸说。

"没有。我只是说……"

"多余的话就不要说了,我们只需要建议。各位,怎么样?"

"《北斗七星墙报》。"沃洛佳说。

编辑委员会的其他成员认为这是一个天大的笑话。

"为什么叫北斗七星?"

"因为北斗七星是星星,很高,还很漂亮。"

"可是太高了。你有什么建议,尤拉?"

"可以命名为……"

"谢谢你,尤拉。"小爸爸打断了他的话,"你有什么建议,萨沙?"

"嗯?"

"你认为我们应该给墙报起什么名字?"

"我?"

"是的,你。"

"墙报吗?"

"当然。"

"我不知道,我只负责画画。"

"好的,谢谢你,萨沙。好了,各位,我看我们每个人都给墙报取个好名字。下周三我们再开会决定,今天就到这里了。"

在下次大会上,编委会就下面的提议进行表决:

1. **红领巾**(小爸爸的选择)。
2. **少先队员**(舒拉的选择)。
3. **少先队员们**(尤拉的选择)。
4. **小北斗**(沃洛佳的选择,他认为这是一种让步)。
5. **钢笔和铅笔**(萨沙的选择。他不知道的是,在以后很长一段时间里,这都成为了他的外号)。

每个成员都支持自己的选择,由于无法就名字达成一致,只能下个礼拜三再投票。

就在这时,**灾难降临了**。

萨沙病了,他负责画画,也是编委会中唯一没有助理的成员。当然,可以任命一个人做他的助手。小爸爸刚要开口提议,突然想起编委会其他成员都不会画画,于是他刚张开嘴就立刻闭上了。但过了一会儿,他又张开嘴说:

"现在我们没有专职画师了,也没人给墙报写文章了。没人愿意作贡献。有些人说他们不会写,还有些人说不想写,剩下的干脆什么也不说。我受够了,再也不想说服他们为墙报写文章了。你们呢?"

"都一样。"编委会的其他成员异口同声地说,"没人愿意为墙报写文章。"

"实际上,"小爸爸低声说,"没有版头插画,也可以出墙报。"

"也可以没有任何文章。"舒拉喃喃地说。

这下都没人窃笑,因为他们总算明白过来,这样墙报就不是墙报了。

就在这时,有怯生生的敲门声响起。

"请进。"尤拉礼貌地说。

来的是一个叫安雅的女孩。她是个新转来的学生,普普通通。但是,当这个名叫安雅的非常普通的女孩开始用非常普通的声音说话时,她说的话却非常不普通。

"版头插图画好了。" 她说着展开了一张大纸。编辑委员会的成员们简直不敢相信自己的眼睛。他们是在做梦吗？版头插画就在纸上，比萨沙画的还要漂亮。

"是格里沙让我来帮忙的。"安雅说，"我在以前的学校也是编委会的。"她又说，"我还带来了一些学生们写的文章，但总共只有四篇。"

"多少？"

小爸爸嘶哑地问。

"四篇，是我和另外三个学生写的。从女生那里只能拿到这些了，我现在还不认识男生。"她补充道。

"没关系。"小爸爸说，"男生可以现在就写文章，这样明天就可以出墙报了。"

没人说话。第二天，《红领巾墙报》（现

在有人把版头插图拱手送上,就没人好意思为名称争论不休了)出版了。编委会的每个成员都写了一篇文章,小爸爸甚至专门为墙报写了一首诗。

这首诗的标题是《我们的梦想》,是这样的:

编委会梦想着
(他们永远不会忘记)
想要出墙报,
就必须站起来去争取。

其他学生都认为墙报棒极了。安雅入选了编委会。萨沙的感冒好了,很快又回到了学校。

下一期很快就出版了,内容很精彩。每个人都参与其中,玩得很开心。

作者｜亚历山大·拉斯金

俄罗斯作家、诗人、编剧。本书是他的代表作，是他送给女儿的爱的礼物。

译者｜刘勇军

资深译者，译作优美、准确，兼具哲思。代表作品《月亮与六便士》等。

绘者｜沈苑苑

插画家，曾为超过 300 本儿童图书绘制插图。她的作品里藏有很多幽默的小细节。

当爸爸还是小男孩的时候

作者 _ [俄] 亚历山大·拉斯金　　译者 _ 刘勇军　　绘者 _ 沈苑苑

编辑 _ 王田田　　主编 _ 周颖琪　　装帧设计 _ 赵金娇　周子越
技术编辑 _ 丁占旭　　责任印制 _ 刘世乐　　出品人 _ 王誉

鸣谢

张坤　王国荣

果麦
www.goldmye.com

以 微 小 的 力 量 推 动 文 明

图书在版编目（CIP）数据

当爸爸还是小男孩的时候 /（俄罗斯）亚历山大·拉斯金著；刘勇军译；沈苑苑绘. -- 昆明：晨光出版社，2025.8. -- ISBN 978-7-5715-2627-6

Ⅰ. I512.84

中国版本图书馆CIP数据核字第2025WE1061号

当爸爸还是小男孩的时候
DANG BABA HAISHI XIAO NANHAI DE SHIHOU

［俄罗斯］亚历山大·拉斯金 著　　刘勇军 译　　沈苑苑 绘

出版人	杨旭恒
责任编辑	魏　宾
特约编辑	王田田
内文插画	沈苑苑
装帧设计	赵金娇　周子越
责任校对	杨小彤
责任印制	廖颖坤

出版发行	晨光出版社
地　址	昆明市环城西路609号新闻出版大楼
邮　编	650034
电　话	0871-64186745（发行部）

印　装	天津裕同印刷有限公司
经　销	果麦文化传媒股份有限公司
版　次	2025年8月第1版
印　次	2025年8月第1次印刷
书　号	978-7-5715-2627-6
开　本	145mm×210mm　32开
印　张	7.25
字　数	200千
定　价	59.80元

如发现印装质量问题，影响阅读，请联系 021-64386496 调换。